U0763405

本書獲二〇二三年貴州省出版傳媒事業發展專項資金資助

本書獲貴州省孔學堂發展基金會資助

本書據日本國立公文館藏弘毅館刻本影印

【陽明文庫】古籍整理系列

皇明大儒王陽明先生出身靖亂録

【〔明〕馮夢龍 著】

孔學堂書局

本書獲二〇二三年貴州省出版傳媒事業發展專項資金資助
本書獲貴州省孔學堂發展基金會資助
本書據日本國立公文館藏弘毅館刻本影印

圖書在版編目（CIP）數據

皇明大儒王陽明先生出身靖亂録 / (明) 馮夢龍著. — 貴陽 : 孔學堂書局, 2024.4
（陽明文庫. 古籍整理系列）
ISBN 978-7-80770-478-2

Ⅰ. ①皇… Ⅱ. ①馮… Ⅲ. ①長篇歷史小説—中國—明代 Ⅳ. ①I242.4

中國國家版本館CIP數據核字(2024)第021949號

陽明文庫（古籍整理系列）
皇明大儒王陽明先生出身靖亂録〔明〕馮夢龍　著
HUANGMING DARU WANGYANGMING XIANSHENG CHUSHENJINGLUANLU

策　　劃：蘇　樺
責任編輯：張發賢　孟　紅
書籍設計：曹瓊德
責任印制：張　瑩

出版發行：孔學堂書局
地　　址：貴陽市烏當區大坡路27號
印　　刷：雅昌文化（集團）有限公司
開　　本：889mm × 1194mm 1/16
印　　張：13.75
版　　次：2024年4月第1版
印　　次：2024年4月第1次
書　　號：ISBN 978-7-80770-478-2
定　　價：68.00元

陽明文庫

《皇明大儒王陽明先生出身靖亂録》序

一

王陽明（一四七二至一五二九），名守仁，字伯安，號陽明子，浙江餘姚人，明代大儒，以『立德、立功、立言』真三不朽著稱。明代馮夢龍的《皇明大儒王陽明先生出身靖亂録》（以下簡稱《靖亂録》）是一本文筆超絶的王陽明傳記，是推動陽明傳奇故事廣泛流傳的重要媒介。

陽明學以『致良知』爲宗旨，良知是真知，致良知是真行，知行合一，方是真學問。《靖亂録》生動展現了王陽明波瀾壯闊的一生，以及陽明學千錘百煉始成金的歷程：少年王陽明以立志成聖賢爲人生第一等事，龍場悟道确立學旨，通過知廬陵縣、平山賊匪患、平靖寧藩叛亂等實踐和發展陽明學。事功是良知學的試金石，用兵屢建奇功乃基於『學問純篤，養得此心不動』[一]；涵育内在道德之本與外在事功協同促進，成就一代大儒。

此次影印的《靖亂録》底本爲日本國立公文館藏弘毅館刻本，原書不分章。書中描繪的王陽明傳奇故事既有政途的艱險坎坷，也有軍事的波瀾壯闊；既有在百死千難、遭遇迫害時的不屈不撓，也有在靖亂時的當機立斷、痛快淋灕。中間如梅花間竹，穿插了許多奇遇異聞。而貫穿所有傳奇經歷的主綫則是陽明先生修身講學、圓證良知的全過程。只有抓住這條主綫，才能了解所有這些百回千折、輝煌功業不過是修行途中的風景、功到自然成的結果。當今社會以科技爲第一生産力，在王陽明的世界中，良知則是第一生産力。良知如春，事功如花，春到花自開；陽明學如日月，日月行而百化興。良知不僅是内在的道德源泉，而且能够鍛煉强大的内心，激發創造力，展現生命的盎然春意；致良知不僅可以養成聖賢人格，而且能够轉化應用到深度思辨的哲學、超越生死的宗教、直透性靈的文學、全心爲民的政治、戰無不勝的軍事、探索鑽研的科學等領域，潤沃身心，促進個人發展，成就輝煌事業。

[一] 錢德洪：《征宸濠反間遺事》，王守仁：《王陽明全集》卷三十九，吴光等編校，上海古籍出版社二〇一四年版，第一六三二頁。

二

該書的作者馮夢龍與陽明後學頗有淵源，馮夢龍酷嗜泰州學派的李贄之學，奉爲蓍蔡。李贄批點《忠義水滸傳》，其門人攜至吴中，馮夢龍與袁宏道門人袁叔度見而愛之，相對再三，精書妙補。[一]陽明後學中李贄的童心説、袁宏道的性靈説對馮夢龍的文學創作有重要的影響。

馮夢龍作《靖亂録》的序説：『偶閲《王文成公年譜》，竊嘆謂文事武備，儒家第一流人物，暇日演爲小傳，使天下之學儒者，知學問必如文成，方爲有用。』[二]對比馮夢龍所看到的儒者：『堪笑僞儒無用處，一張利口快如風。』『今日講壇如聚訟，惜無新建作明師。』[三]這種講學像打官司的空談風氣在明末死灰復燃，他由此呼喚像王陽明一樣的真儒來主持正學，挽救大厦將傾的明朝。

王陽明十四歲時習學弓馬，留心兵法，多讀韜鈐之書，嘗曰：『儒者患不知兵。仲尼有文事，必有武備。區區章句之儒，平時叨竊富貴，以詞章粉飾太平，臨事遇變，束手無策，此通儒之所羞也。』[四]馮夢龍贊譽王陽明：『真個是卷舒不違乎時，文武惟其所用，這才是有用的學問，這才是真儒。』[五]像王陽明這樣的文武兼備之才，又何嘗不是國家危亡時所祈盼的呢？《靖亂録》當作於甲申前一年，當時境況如何呢？

今日流賊之亂，從古未有。然起於何地？縱自何人？炎炎燎原，必有燃始。當事者從不究極於此，其可怪一也。守土之臣，不能戰則守，不能守則死。今賊來則逃，賊退復往，甚則倉皇而走，仍然稛載而歸。互相彌縫，恬不知耻。其可怪二也。兵不務精，以衆相誇。紀律無聞，羈縻從事。官兵所至，行居觳觫。民之畏兵，甚於畏賊，其可怪三也。餉不核舊，專務撮新。奸胥之腹，茹而不吐。貪吏之橐，結而

[一] 參見許自昌：《樗齋漫録》卷六。轉引許自昌：《相與校對〈忠義水滸傳〉》，高洪鈞編著：《馮夢龍集箋注》，天津古籍出版社二〇〇六年版，第二五〇頁。

[二] 馮夢龍：《三教偶拈叙》，馮夢龍、鄒守益原著：《王陽明圖傳》附録一，張昭煒編注，上海古籍出版社二〇一七年版，第二二四頁。

[三] 馮夢龍、鄒守益原著：《王陽明圖傳》，張昭煒編注，第二一〇頁。

[四] 馮夢龍、鄒守益原著：《王陽明圖傳》，張昭煒編注，第一四頁。

[五] 馮夢龍、鄒守益原著：《王陽明圖傳》，張昭煒編注，第五頁。

不開。民已透輸，官乃全欠，其可怪四也。京師天府，固於磐石。游騎一臨，不攻自下。百官不效一籌，羽林不發一矢，其可怪五也。衣冠濟濟，聲氣相高。脚色紛紛，跪拜恐後。舉天下科甲千百之衆，而殉難纔二十人，其可怪六也。[一]

王陽明爲政務在開導人心，使百姓安居樂業，從根本上鏟除流賊根苗，其靖亂功績顯赫，多是主動出擊，哪可能有『賊來則逃，賊退復往』的懦弱之兵呢？陽明治軍有方，紀律嚴明，軍民一心，與明末的怪象形成了鮮明對比，如有像陽明一樣的真儒當政，必無此六怪。馮夢龍爲王陽明作傳的動機密切關聯着他所處的時代巨變，反映出當時士人評判學術、探究國家衰敗原因、積極救亡圖存的深刻思考和真切期盼。

三

王陽明少年時立志成聖，經婁諒『語宋儒格物之學，謂「聖人必可學而至」，遂深契之』[二]。九華山地藏洞老道點撥王陽明，直透性靈，備言佛老之要，漸及於儒，曰：『周濂溪、程明道是儒者兩個好秀才。』又曰：『朱考亭是個講師，只未到最上一乘。』[三]《陽明先生年譜》中有大體相同的記述，但并未提及朱熹（考亭）。業師杜維明先生注意到，周濂溪（周敦頤）與程明道（程顥）的『精神努力在許多方面預示着守仁後半生的精神取向。還應該指出，許多思想史家論證説，守仁實際上屬於程明道傳統，而朱熹則是程頤（伊川，一〇三三至一一〇七）的真正的繼承者。在儒學傳統中，把周濂溪和程明道挑出來給予特別關注，并不是信口開河。它有一個審慎的意圖，即降低朱熹的重要性。的确，據這段軼事的另一種叙述，朱熹實際上被看作儒學的講師。這一陳述隱含着對這位宋代大儒的嚴厲批評。講師可能善於辭令，口若懸河，但由於他内心經驗的品質仍然離儒學的典範教師的理想有差距，所以他還不能以他的全部身心來講學』[四]。在馮夢龍看來，程頤與朱熹可能在境界修爲方面尚有欠缺，加之打着程朱理學幌子的末流好以純儒自居，排斥釋道，自然與二氏存有隔閡。

[一] 馮夢龍：《（中興实録）叙》，《甲申紀事》卷十二，魏同賢主編：《馮夢龍全集》（第十五册），鳳凰出版社二〇〇七年版，第二四七至二四八頁。

[二] 錢德洪：《年譜一》，王守仁：《王陽明全集》卷三十三，吴光等編校，第一三四八頁。

[三] 馮夢龍、鄒守益原著：《王陽明圖傳》，張昭煒編注，第二〇頁。

[四] 杜維明：《宋明儒學思想之旅——青年王陽明（一四七二至一五〇九）》，郭齊勇、鄭文龍編：《杜維明文集》（第三卷），武漢出版社二〇〇二年版，第六三至六四頁。

地藏洞老道爲陽明指出了學習的典範，周敦頤正是從内在的孔顔樂處啓發程顥，王陽明由此踐行，同樣是儒家的好秀才，這對於王陽明反思朱子學，開創學問新氣象有重要的導向作用。

王陽明主要的事功在江西完成，江西百姓得以安居樂業，自然對他推崇備至。江西的陽明學發展興盛，陽明的傳奇故事在民間廣爲傳播。由《靖亂録》可知，陽明酷愛劍法，心儀馬援，曾在鐵柱宫學静坐之法，這與道家的許真君有些相似。相傳豫章蛟龍爲害百姓，無惡不作，許真君歷經艱險斬殺蛟龍的故事，在江西廣爲流傳。後來朱宸濠在江西作亂，其敗家叛亂，不僅劫持鄱陽湖中的來往船隻，還殃及南昌、九江等地百姓，朱宸濠何嘗不是又一個惡蛟呢？『宸濠之亂』被王陽明平定後，自然成爲民間的創作題材。當地百姓將許真君斬蛟傳説與王陽明平『宸濠之亂』二者結合，因此出現了許多關於王陽明的傳説，爲王陽明平定『宸濠之亂』的故事增添了許多的傳奇色彩。《靖亂録》中的一些描述便是根據王陽明平『宸濠之亂』的傳説而來。

四

《靖亂録》傳入日本，經翻印後，流傳甚廣，同時也爲研究者所重視。[一]在國内，《靖亂録》自清代以後便少見流傳，二〇〇七年鳳凰出版社出版的《馮夢龍全集》收録此書，但較少爲人所注意。這種現象也映射出中日陽明學發展的差異，梁啓超讀《泰州學案》按語謂：

> 日本自幕府之末葉，王學始大盛，其著者曰大平中齋，曰吉田松陰，曰西鄉南洲，曰江藤新平，皆爲維新史上震天撼地人物。其心得及其行事與泰州學派蓋甚相近矣。井上哲次郎著一書曰《日本陽明學派之哲學》，其結論云：『王學入日本，則成爲一日本之王學，成活潑之事迹，留赫奕之痕迹，優於支那派遠甚。』嘻！此殆未見吾泰州之學風焉爾。抑泰州之學，其初起氣魄雖大，然終不能敵一般之輿論，以致其傳不能永，則所謂活潑赫奕者，其讓日本專美亦宜。接其傳而起其衰，則後學之責也。[二]

本次影印的《靖亂録》爲日本弘毅館翻刻本，分爲上中下三卷，每卷字數相當，其優點在于字迹特别是眉批較清晰，但較之於原本多

[一] 參見中田勝：《『王陽明先生出身靖亂録』考》，《二松學舍大學人文論叢》（二十三），一九八二年，第一至一〇頁。

[二] 梁啓超：《泰州學案》，梁啓超編著：《梁啓超修身三書·節本明儒學案》（第三册），彭樹欣整理，上海古籍出版社二〇一八年版，第五一九至五二〇頁。

了一些翻刻錯誤。

馮夢龍作《靖亂録》時，將自己的真實情感灌注其中，讀者也應懷着一種全身投入的真情，方能與之共鳴，心靈得以滋養。梁啓超也曾講到，王陽明學説宗旨的形成，『他自己必幾經實驗，痛下苦功，見得真切，終能拈出來』。陽明學是修養身心、磨煉人格的學問。如果對此把握不準，則學生以『吃書』爲職業，學校和教師只是在『販賣』知識。[一]誠若如此，何談有本有根的真學問？更不用説事功與濟世了。

五

勸人積善是馮夢龍小説的一貫主旨，他説：『六經、《語》、《孟》，譚者紛如，歸於令人爲忠臣，爲孝子……爲樹德之士，爲積善之家，如是而已矣……而通俗演義一種，遂足以佐經書史傳之窮。』[二]與高深嚴肅的典籍相比，小説自有獨特的作用：小説『資於通俗者多。試今説話人當場描寫，可喜可愕，可悲可涕，可歌可舞……雖日誦《孝經》《論語》，其感人未必如是之捷且深也。噫，不通俗而能之乎？』[三]孝子賢臣的鮮活事迹是普及教化、移風易俗的最佳方式，這種方式深入人心，易曉易記，能在民間迅速傳播。

《靖亂録》通過一些具體的事例展現孝、忠等儒家核心價值，勸善止惡，如其中的兩個反面典型。講到陽明殺池仲容後，馮夢龍言：『人惡人怕天不怕，人善人欺天不欺。善惡到頭終有報，只争來早與來遲。』[四]這不正是積善有餘慶、積不善有餘殃的另一種表達嗎？朱宸濠作惡多端，不但自己身敗名裂，而且導致整個寧王世家至此終結。

馮夢龍認爲『儒、釋、道三教雖殊，總抹不得孝弟二字』[五]。在儒家看來，求忠臣於孝子之門，孝親很容易轉化成愛國，這種愛是一

[一] 參見梁啓超：《王陽明知行合一之教》，《飲冰室文集》卷四十三，《飲冰室合集》（第五册），中華書局一九八九年版，第二三至二四頁。
[二] 馮夢龍：《〈警世通言〉叙》，魏同賢主編：《馮夢龍全集》（第二册），第六六三頁。
[三] 馮夢龍：《〈古今小説〉序》，魏同賢主編：《馮夢龍全集》（第一册），第二至三頁。
[四] 馮夢龍、鄒守益原著：《王陽明圖傳》，張昭煒編注，第一一二頁。
[五] 馮夢龍：《警世通言》卷二，魏同賢主編：《馮夢龍全集》（第二册），第一三頁。

種充滿深情的、積極的責任擔當。當王陽明在平漳南匪寇後，主動乞假令旗令牌，使得便宜行事，由此進一步襲破山賊、平定寧藩叛亂。晚年平思、田叛亂後，王陽明看到八寨、斷藤峽等處的山賊據險作亂，又因湖廣歸師之便，密授方略而襲平，其忠孝之心并不會因爲劉瑾等奸佞的迫害而屈服，反而經過百死一生的磨煉而龍場悟道；也不會因爲妒賢嫉功的江彬、許泰等小人的猜忌而損減，反而促成拈出『良知』，學問修養更加純熟。像王陽明這樣的孝子忠臣，又何嘗不是馮夢龍在國家危亡時强烈呼唤的呢？陽明學是中國文化寶庫中瑰麗的明珠，積澱在民族記憶深處。雖然幾經摧折，但筆者堅信陽明學在中國的根仍然活着，復興的基礎依舊雄厚。如果讀者在閱讀中有所啓發，能結合自己所處的境遇，活學活用，推動當下事業的開展、社會的進步，方不愧掌握了真正有用的學問，把握了陽明學的真精神。

張昭煒[一]

二〇二四年一月于中國社會科學院世界宗教研究所

[一] 張昭煒，中國社會科學院世界宗教研究所教授。

目録

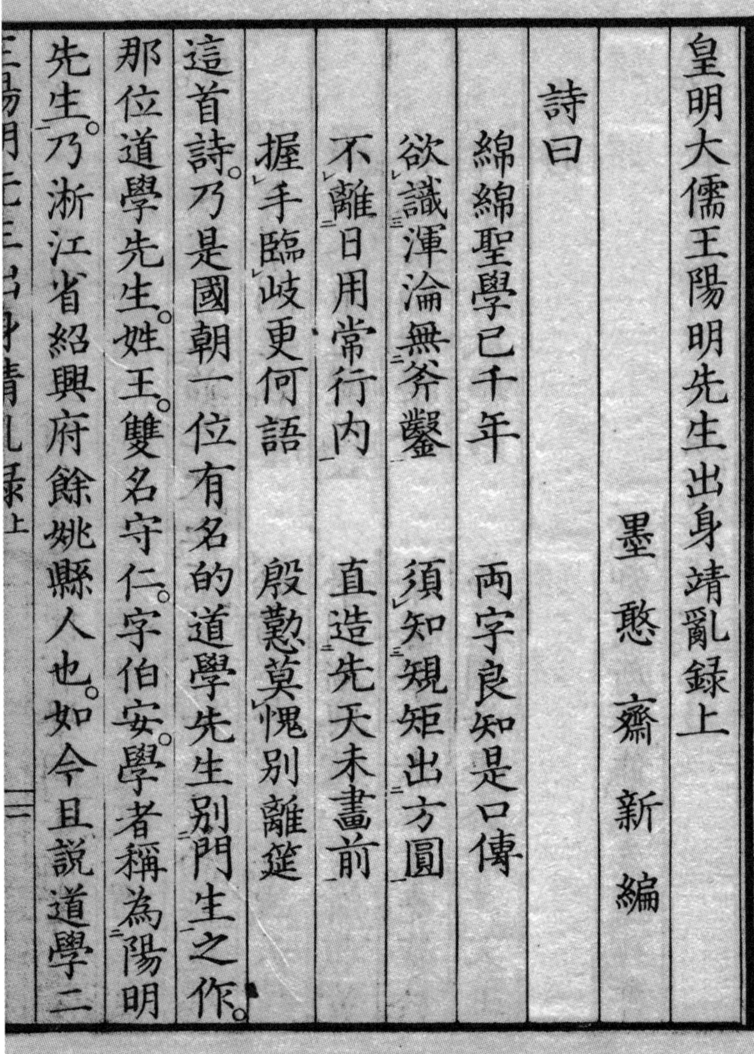

皇明大儒王陽明先生出身靖亂録上

墨憨齋新編

詩曰

綿綿聖學已千年　两字良知是口傳
欲識渾淪無斧鑿　須知規矩出方圓
不離日用常行内　直造先天未畫前
握手臨岐更何語　殷懃莫愧别離筵

這首詩。乃是國朝一位有名的道學先生别門生之作。那位道學先生。姓王。雙名守仁。字伯安。學者稱為陽明先生。乃浙江省紹興府餘姚縣人也。如今且説道學二字。道乃道理。學乃學問。有道理便有學問。不能者待學而能。不知者待問而知。問總是學。學總是道。故謂之道學。且如鴻濛之世。茹毛飲血。不識不知。此時尚無道理可言。安有學問之名。自伏羲始畫八卦。製文字。洩天地之精微。括人事之變化。於是學問漸興。據古書所載。黃帝學於太真。顓帝學於錄圖。帝嚳學於赤松子。堯學於君疇。舜學於務成昭。禹學於西王國。湯學於伊尹。文王學於時子思。武王學於尚父。成王學於周公。這幾箇有名的帝王。天縱聰明。何所不知。何所不能。只為道理無窮。不敢自是。所以必須資人講解。此乃道學淵源之一派也。自周室東遷。教化漸衰。處士橫議。天生孔聖人出来。刪述六經。表章五教。上接文武周公之脈。下開百千萬世之緒。此乃帝王以後第一代講學之祖。漢儒因此立為經師。易經有田何丁寬孟喜梁丘賀等。書經有伏勝孔安國劉向歐陽高等。詩經有申培毛公王吉匡衡等。禮經有大戴小戴后蒼高堂生等。春秋有公羊氏穀梁氏董仲舒睦弘等。各執專經。聚徒講解。當時明經行修者。薦舉為官。所以人務實學。風俗敦厚。及唐以詩賦取士。理學遂廢。惟有昌黎伯韓愈。獨發明道術。為一代之大儒。至宋大祖崇儒重道。後来真儒輩出。為濂洛關

閩之傳。濂以周茂叔為首。洛以二程為首。關以張橫渠
為首。閩以朱晦庵為首。於是理學大著。許衡吳澄當胡
元腥世。猶繼其脈。迄於皇明。薛瑄羅倫章懋蔡清之徒
皆以正誼明道清操勁節相尚生為名臣。沒載祀典。然
功名事業。總不及陽明先生之盛。即如講學一途。從来
依經傍註。惟有先生揭良知二字為宗。直扶千聖千賢
心印。開後人多少進修之路。只看他一生行事。橫来豎
去。從心所欲。勘亂解紛。無不底績。都從良知揮霍出来。
真箇是卷舒不違乎時。文武惟其所用。這纔是有用的
學問。這纔是真儒。所以國朝道學公論必以陽明先生

為第一。有詩為證。

世間講學盡皮膚　虚譽雖隆實用無

養就良知滿天地　陽明纔是仲尼徒

且説陽明先生之父。名華。字德輝。別號龍山公。自幼警敏異常。六歲時與群兒戲於水濱。望見一醉漢濯足於水中而去。公先到水次。見一布囊。提之頗重。意其中必有物。知是前醉漢所遺。酒醒必追尋至此。猶恐為他兒所見。乃潛投於水中。群兒至。問汝投水是何物。公謬對曰。石塊耳。群兒戲罷。將晩餐。拉公同歸。公假稱腹痛不能行。獨坐水次而守之。少頃前醉漢酒醒。悟失囊。歸泣

還金廉士所能也出於六歲兒異矣尤異處在保全此金以待客

而至。公起迎問曰。汝求囊中物耶。醉漢曰然。童子曾見之否。公曰。吾恐為他人所取。為汝藏於水中。汝可自取。醉漢取囊解而視之。內裹白金數錠分毫不動。醉漢大驚曰。聞古人有還金之事。不意出自童子。簡一小錠為謝曰。與爾買果餌喫。公笑曰。吾家豈乏果餌而需爾金耶。奔而去。歸家亦絕不言於父母。年七歲母岑夫人授以句讀。值邑中迎春。里中兒皆歡呼出觀。公危坐讀書不輟。岑夫人憐之謂曰。兒可出外暫觀。再讀不妨。公拱手對曰。觀春不若觀書也。岑夫人喜曰。是兒他日成就殆不可量。自此送鄉塾就學。過目輒不忘。同學小兒所讀書。經其耳無不成誦。年十一從里師錢希寵初習對句。輒工。月餘學為詩。又月餘學為文。出語驚人。為文兩月。同學諸生雖年長無出其右者。錢師驚嘆曰。一歲之後。吾且無以教汝矣。值新縣令出外拜客。僕從甚盛。在塾前喝道而過。同學生停書爭往出觀。公據案朗誦不輟。聲瑯瑯達外。錢師止之曰。汝不畏知縣耶。公對曰。知縣亦人耳。吾何畏。況讀書未有罪也。錢師語其父竹軒翁曰。令公子德器如此。定非常人。年十四學成。假館於龍泉寺。寺有妖祟。每夜出拋磚弄瓦。往時借寓讀書者。咸受驚恐。或發病。不敢復居。公獨與一蒼頭寢處其中。

寂然無聲。僧異之。其夜讀假以猪尿泡塗灰粉畫眉
眼其上。用蘆管透入窗櫺。嘘氣漲泡。如鬼頭形。僧口作
鬼聲。欲以動公。公取床頭小刀刺泡。泡氣洩。僧拽出。公
投刀復誦讀如常。了不為異。聞者皆為縮舌。娶夫人鄭
氏。於成化七年懷娠。凡十四月。岑夫人夢神人衣緋腰
玉。於雲中鼓吹送一小兒来家。比驚醒。聞啼聲。侍女報
鄭夫人已産兒。兒即陽明先生也。竹軒公初取名曰雲。
鄉人因指所生樓曰瑞雲樓。雲五歲尚不能言。一日有
神僧過之。聞奶娘呼名。僧摩其頂曰。好箇小兒。可惜道
破了。竹軒翁疑夢不當洩。乃更名守仁。是日遂能言。且

祖父所讀書。每每口誦。訝問曰。兒何以能誦。對曰。向時雖不言。然聞聲已暗記矣。其神契如此。有富室聞龍山公名。迎至家園館穀。忽一夜有美姬造其館。華驚避。美姬曰。勿相訝。我乃主人之妾也。因主人無子。欲借種於郎君耳。公曰。承主人厚意留此。豈可為此不肖之事。姬即於袖中出一扇曰。此主人之命也。郎君但看扇頭字當知之。公視扇面。果主人親筆。書五字曰。欲借人間種。公援筆添五字於後曰。恐驚天上神。厲色拒之。姬恨恨而去。公既中鄉榜。明年會試。前富室主人延一高真設醮祈嗣。高真伏壇遂睡去。久而不起。既醒。主人問其故。

高真曰。適夢捧章至三天門。遇天上迎狀元榜。久乃得達。故遲遲耳。主人問狀元為誰。高真曰。不知姓名。但馬前有旗二面。旗上書一聯云。欲借人間種。恐驚天上神。主人默默大駭。時成化十七年辛丑之春也。未幾會試報至。公果狀元及第。陽明先生時年十歳矣。次年壬寅。公在京師。迎養其父竹軒翁。翁攜先生同往。過金山寺。竹軒公與客酬飲。擬作詩未成。先生在旁索筆。竹軒翁曰。孺子亦能賦耶。先生即書四句云。

金山一點大如拳　打破維揚水底天
醉倚妙高樓上月　玉簫吹徹洞龍眠

坐客驚異。咸為起敬。少頃遊蔽月山房。竹軒公曰。孺子還能作一詩否。先生應聲吟曰。

山近月遠覺月小　便道此山大於月
若人有眼大如天　還見山小月更濶

坐客謂竹軒翁曰。令孫聲口。俱不落凡想。他日定當以文章名天下。先生曰。文章小事。何足成名。衆益異之。十二歲在京師。就塾師。不肯專心誦讀。每潛出與羣兒戲。製大小旗幟。付羣兒持立四面。自己為大將。居中調度。左旋右轉。略如戰陣之勢。龍山公出見之。怒曰。吾家世以讀書顯。安用是為。先生曰。讀書有何用處。龍山公曰。

讀書則為大官。如汝父中狀元。皆讀書力也。先生曰。父中狀元。子孫世代還是狀元否。龍山公曰。止吾一世耳。汝若要中狀元。還是去勤讀。先生笑曰。只一代雖狀元不為希罕。父益怒扑責之。先生又嘗問塾師曰。天下何事為第一等人。塾師曰。嵬科高第。顯親揚名如尊公。乃第一等人也。先生吟曰。嵬科高第時時有。豈是人間第一流。塾師曰。據孺子之見。以何事為第一。先生曰。惟聖賢方是第一。龍山公聞之笑曰。孺子之志何其奢也。先生一日出遊市上。見賣雀兒者。欲得之。賣雀者不肯與。先生與之爭。有相士號麻衣神相。一見先生驚曰。此子他日大貴。當建非常功名。乃自出錢。買雀以贈先生。因以手撫其面曰。孺子記吾言。

鬚拂領　其時入聖境　鬚至上丹臺　其時結聖胎　鬚至下丹田　其時聖果圓

又囑曰。孺子當讀書自愛。吾所言將来以有應驗。言訖遂去。先生感其言。自此潛心誦讀。學問日進。十三歳母夫人鄭氏卒。先生居喪哭泣甚哀。父有所寵小夫人。待先生不以禮。先生遊於街市。見有縛鴟鳥一隻求售者。先生出錢買之。復懷銀五錢。贈一巫嫗。授以口語。見庶母。如此恁般。先生歸。將鴟鳥潛匿於庶母床被中。母發被。鴉沖出遶屋而飛。口作怪聲。小夫人大懼。開窗逐之。良久方去。俗忌野鳥入室。况鴉乃惡聲之鳥。見者以為不祥。又伏於被中。曲房深户重帷錦衾。何自而入。豈不是大怪極異之事。先生聞房中驚詫之聲。佯為不知。入問其故。小夫人述言有此怪異。先生曰。何不召巫者詢之。小夫人使人召巫嫗。巫嫗入門。便言家有怪氣。既見小夫人。又言夫人氣色不佳。當有大災害至矣。小夫人告以發被得鴉鳥之異。巫嫗曰。老婦當問諸家神。即具香燭。命小夫人下拜。索錢楮焚訖。嫗即謬托鄭夫人附體。言曰。汝待我兒無禮。吾訴天曹。將取汝命。適怪鳥即我所化也。小夫人信以為真。跪拜無數。伏罪悔過。言此後再不敢。良久。媪蘇曰。適見先夫人。意色甚怒。將托怪馬嚇爾生魂。幸夫人許以改過。方纔升屋簷而去。小夫人自此待先生加意有禮。先生尚童年其權術已不測如此矣。先生十四歲習學弓馬。留心兵法。多讀韜鈐之書。嘗曰儒者患不知兵。仲尼有文事。必有武備。區區章句之儒平時叨竊富貴。以詞章粉飾太平。臨事遇變束手無策。此通儒之所羞也。十五歲從父執（父輩謂之父執）遊居庸三關。慨然有經略四方之志。一日夢謁伏波將軍廟。（漢馬援封伏波將軍）賦詩曰。

卷甲歸来馬伏波　早年兵法鬢毛皤
雲埋銅柱雷轟折　六字題文尚不磨

其時地方水旱。盜賊乘機作亂。畿內有石英王勇。陝西有石和尚劉千斤。屢屢攻破城池。劫掠府庫。官軍不能收捕。先生言於龍山公。欲以諸生上書請效終軍故事。願得壯卒萬人。削平草寇以靖海內。龍山公曰。汝病狂耶。書生妄言取死耳。先生乃不敢言。於是益專心於學問。弘治元年。先生十七歲。歸餘姚。遂往江西就親。所娶諸氏夫人。乃江西布政司參議諸養和公之女也。既成婚。官署中一日信步出行。至許旌陽鐵柱宮。於殿側遇一道者。龐眉皓首。盤膝靜坐。先生叩之曰。道者何處人。道者對曰。蜀人也。因訪道侶至此。先生問其壽幾何。對曰。九十六歲矣。問其姓。對曰。自幼出外。不知姓名。人見我時時靜坐。呼我曰無爲道者。先生見其精神健旺聲如洪鐘。疑是得道之人。因叩以養生之術。道者曰。養生之訣。無過一靜。老子清淨。莊生逍遙。惟清淨而後能逍遙也。因教先生以導引之法。先生恍然有悟。乃與道者閉目對坐。如一對槁木。不知日之已暮。并寢食俱忘之矣。諸夫人不見先生歸署。言於參議公。使衙役遍索不得。至次日天明。始遇之于鐵柱宮中。隔夜坐處尚未移

便能參駁先儒識見超異

動也。衙役以參議命促歸。先生呼道者與別。道者曰珍重珍重。二十年後。當再見於海上也。先生田署。署中蓄紙最富。先生日取學書。紙為之空。書法大進。先生自言吾始學書。對摸古帖。止得字形。其後不輕落紙。凝思於心。久之始通其法。明道程先生有曰。吾作字甚敬。非是要字好。只是此學。夫既不要字好。所學何事。只不要字好一念。亦是不敬。聞者歎服。明年己酉。先生十八歲。是冬與諸夫人同歸餘姚。行至廣信府上饒縣。謁道學婁一齋。（名諒）語以宋儒格物致知之義。謂聖人必學而可至。先生深以為然。自是奮然有求為聖賢之志。平日好諧謔豪放。此後每每端坐省言曰。吾過矣。蘧伯玉行年五十。而知四十九之非。何其晚也。弘治五年壬子。先生年二十一歲。竹軒翁卒於京師。龍山公奉其喪以歸。是秋先生初赴鄉試。場中。夜半巡場者見二巨人。一衣緋。一衣緑。東西相向立。大聲言曰三人好做事。言訖忽不見。及放榜。先生與孫忠烈燧胡尚書世寧同舉。其後寧王宸濠之變。胡發其奸。孫死其難。先生平其亂。人以為三人好做事。此其驗也。明年癸丑春。會試下第。宰相李西涯韓東陽。時方為文章主盟。服先生之才。戲呼為來科狀元。丙辰再會試。復被黜落。同寓友人以不第為恥。先生曰。世情以不得第為恥。吾以不得第動心為恥。友人服其涵養。時龍山公已在京任。先生遂寓京中。明年丁巳先生年二十六歲。邉任報緊急。舉朝倉皇推擇將才。莫有應者。先生嘆曰。武舉之設。僅得騎射擊刺之士。而不可以收韜略統馭之才。平時不講將略。欲備倉卒之用。難矣。於是留情武事。凡兵家祕書莫不精研熟討。每遇賓客宴會。輒聚果核為陣圖。指示開闔進退之方。一夕夢威寧伯王越解所佩寶劍為贈。既覺喜曰。吾當效威寧以斧鉞之任。垂功名於竹帛。吾志遂矣。弘治十二年己未。先生中會試第二名。時年二十八歲。廷試二甲。以工部觀政進士。受命往濬縣督造威寧伯墳。先生一路不用肩輿。日惟乘馬。偶因過山馬驚。先生墜地吐血。從人進轎。先生仍用馬。蓋以此自習也。既見威寧子弟。問先大夫用兵之法。其家言之甚悉。先生即以兵法部署造墳之衆。凡在役者更番休息。用力少。見功多。工得速完。其家致金帛。為謝。先生固辭不受。後乃出一寶劍相贈曰。此先大夫所佩也。先生喜其與夢相符。遂受之。復命之日。值星變。達虜方犯邊。朝廷下詔求直言。先生上言邊務八策。言極剴切。明年授官刑部主事。又明年奉命審錄江北。多所平反。民稱不冤。事畢。遂游九華山。歷無相化城諸寺。到必經宿。時道者蔡蓬頭踞坐堂中。衣服敝陋。若顛若狂。先生心知其異人也。以客禮致敬。請問神仙可學否。蔡搖首曰。尚未尚未。有頃先生屏去左右引至後亭再拜。復叩問之。蔡又搖首曰。尚未尚未。先生力懇不已。蔡曰。汝自謂拜揖盡禮。我看你一團官相。甚說神仙。先生大笑而別。游至地藏洞。聞山巖之巔。有一老道。不知姓名。坐卧松毛。不餐火食。先生欲訪之。乃懸崖板木而上。直至山巔。老道踡足熟睡。先生坐于其傍。以手撫摩其足。久之老道睡方覺。見先生驚曰。如此危險。安得至此。先生曰。欲與長者論道。不敢辭勞也。因備言佛老之要。漸及於儒。曰周濂溪程明道是。儒者兩個好秀才。又曰朱考亭是個講師。只未到最上一乘。先生喜其談論盤桓不能舍。次日再往訪之。其人已徙居他處矣。有詩為証。

路入巖頭別有天　松毛一片自安眠

高談已散人何處　古洞荒涼散冷烟

弘治十五年。先生至京復命。京中諸名士俱以古文相尚。立為詩文之社。來約先生。先生歎曰。吾焉能以有限精神。作此無益之事乎。遂告病歸餘姚。築室於四明山之陽明洞。洞在四明山之陽。故曰陽明。山高一萬八千千丈周二百一十里。道經第九洞天也。為峰二百八十有二。其中峰曰芙蓉峰。有漢隸刻石於上曰四明山心。其右有石牕四面玲瓏如户牖。通日月星辰之光。先生愛其景致。隱居於此。因自號曰陽明。思鐵柱宮道者之言。乃行神仙導引之術。月餘覺陽神自能出入。未来之事便能前知。一日靜坐謂童子曰。有四位相公来此相訪。汝可往五雲門迎之。童子方出五雲門。果遇王思輿等四人。乃先生之友也。童子述先生遣迎之意。四人見先生問曰。子何以預知吾等之至。先生笑曰。只是心清。四人大驚異。述於朋輩。朋輩惑之。往往有人来叩先生以吉凶之事。先生言多奇中。忽然悟曰。此簸弄精神。非正覺也。遂絶口不言。思脱離塵網超然為出世之事。惟祖母岑太夫人與父龍山公在念。不能忘情。展轉躊躇。忽又悟曰。此孝弟一念。生於孩提。此念若可去。斷滅種性矣。此吾儒所以闢二氏。乃復思三教之中。惟儒為至正。復翻然有用世之志。明年遷寓於錢塘之西湖。怎見得西湖景致好處。有四時望江南詞。為証。

西湖景。春日最宜晴。花底管弦公子宴。水邊綺羅麗人行。十里按歌聲。

西湖景。夏日正堪游。金勒馬嘶垂柳岸。紅妝人泛採蓮舟。驚起水中鷗。

西湖景。秋日更宜觀。桂子岡巒金谷富。芙蓉洲渚綵

雲間。爽氣滿前山。

西湖景。冬日轉清奇。賞雪樓臺評酒價。觀梅園圃訂

春期。共醉太平時。

又有林和靖先生咏西湖詩一首

混元神巧本無形　幻出西湖作畫屏

春水淨於僧眼碧　晚山濃似佛頭青

欒櫨粉堵搖魚影　蘭社烟叢閣鷺翎

往往鳴榔與橫笛　斜風細雨不須聽

那西湖。又有十景。那十景。

蘇堤春曉　平湖秋月　麯院風荷

段橋殘雪　雷峰夕照　南屏晩鐘

兩峰出雲　三潭印月　柳浪聞鶯

花港觀魚

先生寓居西湖。非關貪玩景致。那杭州乃吳越王錢氏及故宋建都之地。名山勝水。古刹幽居。多有異人棲止。先生遍處游覽。冀有所遇。一日往虎跑泉游玩。聞有禪僧坐關三年。終日閉目靜坐。不發一語。不視一物。先生往訪。以禪機喝之曰。這和尚終日口巴巴說甚麼。終日

絶妙禪理

眼睜睜看甚麼。其僧驚起作禮。謂先生曰。小僧不言不視已三年於茲。檀越却道口巴巴説甚麼。眼睜睜看甚麼。此何説也。先生曰。汝何處人。離家幾年了。僧答曰。某河南人。離家十餘年矣。先生曰。汝家中親族還有何人。僧答曰。止有一老母。未知存亡。先生曰。還起念否。僧答曰。不能不起念也。先生曰。汝既不能不起念。雖終日不言。心中已自説著。終日不視。心中自看著了。僧猛省合掌曰。檀越妙論。更望開示。先生曰。父母天性。豈能斷滅。你不能不起念。便是眞性發現。雖終日呆坐。徒亂心曲。俗語云。爹娘便是靈山佛。不敬爹娘敬甚人。言未畢。僧

不覺大哭起来曰。檀越說得極是。小僧明早便歸家省
吾老母。次日先生再往訪之。寺僧曰。已五鼔負擔還鄉
矣。先生曰。人性本善。於此僧可驗也。於是益潛心聖賢
之學。讀朱考亭語録。反覆玩味。又讀其上宋光宗疏有
曰。居敬持志。為讀書之本。循序致精。為讀書之法。掩卷
歎曰。循序致精漸漬洽浹。使物理與吾心混合無間方
是聖賢得手處。於是從事於格物致知。每舉一事。旁喻
曲曉。必窮究其歸。至於盡處。弘治十七年甲子。山東廵
按御史陸偁。重先生之名。遣使致聘。迎主本省鄉試。先
生應聘而往。得穆孔暉為解元。後為名臣。是省全録。皆

出先生之手。其年九月改兵部武選司主事。先生往京都赴任。謂學者溺于詞章記誦之末。不知身心之學為何等。于是首倡講學之事。聞者興起。于是從學者衆。先生儼然以師道自任。同輩多有議其好名者。惟翰林學士湛甘泉（諱若水）深契之。一見定交。終日相與談論。號為莫逆。弘治十八年。孝宗皇帝晏駕。武宗皇帝初即位。寵任閹人劉瑾等八人。號為八黨。那八人。

劉瑾　谷大用　馬永成　張永

魏彬　羅祥　丘聚　高鳳

這八人自幼隨侍武宗皇帝在於東宮。游戲因而用事。

劉瑾尤得主心。閣老劉健與臺諫合謀去之。㨾不早斷。以致漏洩。劉瑾與其黨。泣訴於上前。武宗皇帝聽其言。又使劉瑾掌司禮監。斥逐劉健。殺忠直内臣王岳。繇是權獨歸瑾。票擬任意。公卿側目。正德元年。南京科道官戴銑薄彥徽等。上疏言。皇上新政宜親君子遠小人。不宜輕斥大臣。任用閹寺。劉瑾票旨。銑等出言狂妄紐解来京勘問。先生目擊時事。滿懷忠憤。抗疏救之。畧曰。臣聞。君仁則臣直。今銑等。以言為責。其言如善。自宜嘉納。即其未善。亦宜包容。以開忠讜之路。今赫然下令遠事拘囚。在陛下不過少事懲創。非有意怒絶之也。下民無知安生疑懼臣竊惜之自是而後雖有上關宗社安危之事亦將緘口不言矣伏乞追回前旨俾銑等仍舊供職明聖德無我之公作臣子敢言之氣疏既入觸瑾怒票旨下先生於詔獄廷杖四十瑾又使心腹人監杖行杖者加力先生幾死而甦謫貴州龍場驛驛丞龍山公時為禮部侍郎在京喜曰吾子得為忠臣垂名青史吾願足矣明年先生將赴龍場瑾遣心腹人二路尾其後伺察其言動先生既至杭州值夏月天暑先生又積勞致病乃暫息於勝果寺妹壻徐曰仁来訪首拜門生聽講又同鄉徐愛蔡宗朱節冀元亨蔣信劉觀時等皆来

是父是子

曰仁即徐愛字此為二人者誤矣

執贄問道先生樂之居兩月餘忽一日午後方納涼於廊下蒼頭皆出外有大漢二人矮帽穿衫如官較狀腰懸刀刃口吐北音從外突入謂先生曰官人是王主事否先生應曰然二較曰某有言相告即引出門外挾之同行先生問何往二較曰但前行便知先生方在病中辭以不能步履二較曰前去亦不遠我等左右相扶可矣先生不得已任其所之約行三里許背後復有二人追逐而至先生顧其面貌頗似相熟二人曰官人識我否我乃勝果寺鄰人沈玉殷計也素聞官人乃當世賢者平時不敢請見適聞有官較挾去恐不利於官人特

此追至看官人下落耳。二較色變。謂沈殷二人曰。此朝廷罪人。汝等何得親近。沈殷二人曰。朝廷已謫其官矣。又何以加罪乎。二較扶先生又行。沈殷亦從之。天色漸黑。至江頭一空室中。二較密謂沈殷二人曰。吾等實奉主人劉公之命。來殺王公。汝等沒相干人。可速去。不必相隨也。沈玉曰。王公今之大賢。令其死於刃下。不亦慘乎。且遺屍江口。必累地方。此事決不可行。二較曰。汝言亦是。乃於腰間解青索一條長丈餘。授先生曰。聽爾自縊。何如。沈玉又曰。繩上死與刀下死同一慘也。二較大怒。各拔刀在手。厲聲曰。此事不完。我無以復命。亦必死於主人之手。殷計曰。足下不必發怒。令王公夜半自投江中而死。既令全屍。又不累地方。足下亦可以了事歸報。豈不妙哉。二較相對低語。少頃乃收刀入鞘曰。如此庶幾可耳。沈玉曰。王公命盡此夜。吾等且沽酒共飲。使其醉而忘。二較亦許之。乃鎖先生於室中。先生呼沈殷二人曰。我今夕固必死。當煩一報家人收吾屍也。二人曰。欲報尊府。必得官人手筆。方可准信。先生曰。吾袖中偶有素紙。奈無筆何。二人曰。吾當於酒家借之。沈玉與一較同往市中沽酒。殷計與一較守先生於門外。少頃沽酒者已至。一較啓門。身邊各帶有椰瓢。沈玉滿酙送先生不覺淚下。先生曰。我得罪朝廷。死自吾分。吾不自悲。汝何必為我悲乎。引瓢一飲而盡。殷計亦獻一瓢。先生復飲之。先生量不甚弘。辭曰。吾不能飲矣。既有高情。幸轉進於遠客。吾尚欲作家信也。沈玉以筆授先生。先生出紙於袖中。援筆寫詩一首。詩曰。

學道無成歲月虛　天乎至此欲何如
生曾許國慙無補　死不忘親恨有餘
自信孤忠懸日月　豈論遺骨葬江魚
百年臣子悲何極　日夜潮聲泣子胥

先生吟興未已。再作一

敢将世道一身擔　顯被生刑萬死甘

滿腹文章寧有用　百年臣子獨無慙

涓流裨海今真見　片雪填溝舊齒談

昔代衣冠誰上品　狀元門第好奇男

二詩之後尚有絶命辭。甚長。不録。紙後作篆書十字云。陽明已入水。沈玉殷計報。二較本不通文理。但見先生手不停揮。相顧驚嘆以為天才。先生且寫且吟。四人互相酬勸。各各酩酊。将及夜半。雲月朦朧。二較帶著酒興逼先生投水。先生先向二較謝其全屍之徳。然後逕造江岸。回顧沈殷二人曰。必報我家。必報我家。言訖從沙

以且寫且吟勸酒飲者不得不醉矣

沈玉儘通何處無義士

泥中步下江来。二較一来多了幾分酒。二来江灘潮濕不便相從。乃立岸上。遠而望之。似聞有物墮水之聲。謂先生已投江矣。一響之後寂然無聲。立了多時。放心不下。遂步步掙下灘来。見灘上脱有雲履一雙。又有紗巾浮於水面。曰。王主事果死矣。欲取二物以去。沈玉曰。留一物在。使来早行人人見之。知王公墮水。傳説至京都。亦可作汝等證見也。二較曰。言之有理。遂棄履只撈紗巾帶去。各自分別至是夜。蒼頭回勝果寺。不見先生。問之主僧亦云不知。乃連夜提了行燈。各處去找尋了一回。不見一些影响。其年丁卯乃是鄉試之年。先生之弟

孔子於顔回師信其弟。徐愛於陽明弟信其師

守文在省應試。僕人往報守文。守文言於官。命公差押本寺僧四出尋訪。恰遇沈殷二人亦来尋守文報信。守文接了絶命詞及二詩。認得果其兄親筆。痛哭了一場。未幾又有人拾得江邊二履報官。官以履付守文。衆人轟傳以為先生真溺死矣。守文送信家中。合家驚惨自不必説。龍山公遣人到江邊遺履之處。命漁舟撈屍。數日無所得。門人聞者無不悼惜。惟徐愛言。先生必不死。曰天生陽明。倡千古之絶學。豈如是而已耶。却説先生果然不曾投水。他算定江灘是箇絶地没處走脱。一較必然放心。他有酒之人。怎走得這軟灘。以此獨步下来。

脱下雙履留做證見。又將紗巾拋棄水面。却取石塊向江心拋去。黄昏之後。遠觀不甚分明。但聞撲通聲響。不知真假。便認做了事。不但二較不知。連沈玉殷計。亦不知其未死也。先生却沿江灘而去。度其已遠。藏身於岸坎之下。次日趂箇小船。船子憐其無履。以草屨贈之。七日之後已達江西廣信府。行至船山縣。其夜復搭一船。一日夜到一箇去處。登岸問之。乃是福建北界矣。舟行之速疑亦非人力所及。巡海兵船見先生狀貌不似商賈。疑而拘之。先生曰。我乃兵部主事王守仁也。因得罪朝廷受廷杖。貶為貴州龍場驛驛丞。自念罪重。欲自引決。

劉小人講不祀之神無以起其敬畏

投身於錢塘江中。遇一異物。魚頭人身。自稱巡江使者。言奉龍王之命前来相迎。我隨至龍宮。龍王降階迎接言我異日前程尚遠。命不當死。以酒食相待。即遣前使者送我出江。倉卒之中附一舟至此。送我登岸舟亦不見矣。不知此處離錢塘有多少程途。我自江中至此。纔一日夜耳。兵士異其言。亦以酒食款之。即馳一人往報有司。先生恐事涉官府。不能脱身。捉空潛遁。從山徑無人之處。狂奔三十餘里。至一古寺。天已昏黑。乃叩寺投宿。寺僧設有禁約。不留夜客。歇宿寺傍有野廟。久廢。虎穴其中。行客不知。誤宿此廟。遭虎所啖。次早寺僧取其行囊自利。以為常事。先生既不得入寺。乃就宿野廟之中。饑疲已甚。於神案下熟寢。夜半羣虎遶廟環行。大吼。無敢入者。天明寂然。寺僧聞虎聲。以為夜来借宿之客已厭虎腹。相與入廟。欲簡其囊。先生夢尚未醒。僧疑為死人。以杖微擊其足。先生蹷然而起。僧大驚曰。公非常人也。不然。豈有入虎穴而不傷者乎。先生茫然不知。問虎穴安在。僧荅曰。即此神座下是矣。僧心中驚異。又邀先生過寺朝餐。餐畢。先生偶至殿後。先有一老道者打坐。見先生来即起相訝曰。貴人還識無為道者否。先生視之。乃鐵柱宫所見之道者。容貌儼然如昨。不差毫髮。

道者曰。前約二十年後相見于海上。不欺公也。先生甚喜。如他郷遇故知矣。因與對坐問曰。我今與逆瑾為難。幸脱餘生。将隠姓潛名。為避世之計。不知何處可以相容。望乞指教。道者曰。汝不有親在乎。萬一有人言汝不死。逆瑾怒逮爾父。誣以北走胡。南走越。何以自明。汝進退両無據矣。因出一書示先生。乃預寫就者。詩曰。

二十年前已識君　今来消息我先聞
君将性命輕毫髪　誰把綱常重一分
寰海已知誇令德　皇天終不喪斯文
英雄自古多磨折　好拂青萍建大勲

先生服其言。且感其意。乃決意赴謫。索筆題一絕于殿壁詩曰。

險夷原不滯胸中　何異浮雲過太空
夜靜海濤三萬里　日明飛錫下天風

先生辭道者欲行。道者曰吾知汝行資困矣。乃于囊中出銀一錠為贈。先生得此盤纒。乃從間道遊武夷山。出鉛山。過上饒。復晤婁一齋。一齋大驚曰。先聞汝溺于江。後又傳有神人相救。正未知虛實。今日得相遇。乃是斯文有幸。先生曰。某幸而不死。將往謫所。但恨未及一見老父之面。恐彼憂疑成病。以此介介耳。婁公曰。逆瑾遷怒於尊大人。已改官南京宗伯矣。此去歸途便道可一見也。先生大喜。婁公留先生一宿。助以路費數金。先生逕往南京。省覲龍山公。父子相見出自意外。如枯木再花。不勝之喜。居數日不敢久留。即辭往貴州。赴龍塲驛驛丞之任。攜有僕從三人。始成行李模樣。龍塲地在貴州之西北。宣慰使所屬。萬山叢棘中。蛇虺成堆。魍魎晝見。瘴癘蠱毒。苦不可言。夷人語言。又皆鴃舌難辯。居無宮室。惟累土為窟。寢息其中而已。夷俗尊神。有中土人至。往往殺之以祀神。謂之祈福。先生初至。夷人欲謀殺先生。卜之於神不吉。夜夢神人告曰。此中土聖賢也。汝輩當小心敬事聽其教訓。一夕而同夢者數人。明旦轉相告語。于是有中土往年亡命之徒能通夷語者夷人央之通語於先生。日貢食物。親近歡愛如骨肉。先生乃教之範木為塹(音激)架木為梁。刈草為蓋。建立屋宇。人皆效之。於是一方有棲息之所。夷人又以先生所居湫溢卑濕。別為之伐木搆室。寬大其制。于是有寅賓堂。何陋軒。君子亭。玩易窩。統名曰龍岡書院。翳之以檜竹。蒔之以卉藥。先生日夕吟諷其中。漸與夷語相習。乃教之以禮義孝悌。亦多有他處夷人特來聽講。先生息心開導略無惓怠之色。久之得家信。言逆瑾聞先生不死。且聞

龍場之謫先生之不幸貴州之大幸也

父子相會於南都。益大恚忌。矯旨勒龍山公致仕歸鄉。先生曰。瑾怒尚未解也。得失榮辱。皆可付于度外。惟生死一念。自省未能超脱。乃于居後鑿石為槨。晝夜端坐其中。胸中灑然。若將終身。夷狄患難俱忘之矣。僕人不堪其憂。每每患病。先生輒寬解之。又或歌詩製曲。相與諧笑。以適其意。因思設使古聖人當此。必有進於此者。吾今終未能免排遣二字。吾於格致工夫未到也。忽一夕夢謁孟夫子。孟夫子下階迎之。先生鞠躬請教。孟夫子為講良知一章。千言萬語。指證親切。夢中不覺叫呼。僕從伴睡者俱驚醒。自是胸中始豁然大悟。嘆曰。聖賢左右逢源。只取用此良知二字。所謂格物。格此者也。所謂致知。致此者也。不思而得。得甚麼。不勉而中。中甚麼。總不出此良知而已。惟其為良知。所以得不繇思。中不繇勉。若舍本性自然之知。而紛逐於聞見。縱然想得著。做得來。亦如取水于支流。終未達於江海。不過一事一物之知。而非原原本本之知。試之變化。終有窒礙。不繇我做主。必如孔子從心不踰矩。方是良知滿用。故曰無入而不自得焉。如是又何有窮通榮辱死生之見得以參其間哉。於是嘿記五經。以自證其旨。無不脗合。因著五經臆說。水西安宣慰。聞先生之名。遣使餽米肉。又餽鞍馬金帛。先生俱辭不受。夷人傳說。益加敬禮。時正德三年。先生三十七歲事也。明年癸巳。貴州提學副使席書號元山。亦究心於理學。素重先生之名。特遣人迎先生入于省城。叩以致知力行。是一層工夫。還是兩層工夫。先生曰知行本自合一。不可分為兩事。就如稱其人知孝知弟。必是已行過孝弟之事。方許能知。又如知痛。必然已自痛了。知寒必然已自寒了。知是行的主意。行是知的工夫。古人只為世人貿貿然胡亂行去。所以先說箇知。不是畫知行為二也。若不能行。仍是不知。席公大服。乃建立貴陽書院。身率合省諸生。以師禮事之。有暇即来聽講。先生乃大暢良知之說。正德五年。安化王寘鐇反。以誅劉瑾爲名。朝廷遣都御史楊一清大監張永率師討之。未至而寘鐇已爲指揮使仇鉞用謀擒縛。一清因獻俘。陰勸張永以瑾惡密奏。永從之。武宗皇帝聽張永之言。族瑾家。并誅其黨張文冕等。凡因瑾得官者盡皆罷斥。召復直諫諸臣。先生得陞廬陵縣知縣。臨行之際。縉紳士民送者數千人。俱依依不舍。過常德辰州一路。講學從游者甚衆。有睡起寫懷詩爲證

紅日熙熙春睡醒　江雲飛盡楚山青
間觀物態皆生意　靜悟天機入窅冥

如此邑令地方幸矣朝廷積穀助餉將何從出嗚呼此今日所以無賢令也

道在險夷隨地樂　心忘魚鳥自流形
未須更覓羲皇事　一曲滄浪擊壤聽

先生時年三十九歲。既至廬陵。為政不事刑威。惟以開導人心為本。慎選里正三老。坐申明亭。凡來訟者。使之委曲勸諭。百姓有盛氣而来涕泣而歸者。繇是囹圄日清。風俗大變。城中失火。先生公服下拜。天為之反風。乃令城市各闢火巷。火患永絕。是冬入覲。館於大興隆寺。與湛甘泉儲柴墟諱巏等。講致良知之旨。進士黃宗賢等。聞其說而嘆服。遂執贄稱門生。聽講十二月。陞南京刑部主事。湛甘泉恐廢講聚。言於冢宰楊一清。明年正月即調北京吏部驗封司主事。時有吏部郎中方叔賢諱獻夫，位在先生之上，聞先生論學有契，遂下拜，事以師禮。先生贈以詩云：

休論寂寂與惺惺，不妄緣來即性情。
却笑殷懃諸老子，翻從知見覓虛靈。

是年十月，陞文選司員外。明年三月，陞考功司郎中。弟子益進，如穆孔暉、冀元亨、顧應祥、鄭一初、王道、梁谷、萬潮、陳鼎、魏廷霖、蕭鳴鳳、林達、黄綰、應良皆一時之表表者。餘人不可盡述。徐愛等亦至京師，一同受業。先生嘗言：格物是誠意的工夫，明善是誠身的功夫，窮理是盡

良知一以貫之正此謂也

性的功夫。道問學是尊德性的功夫。博文是約禮的功夫。惟精是惟一的功夫。諸如此類。乍聞之。亦自駁然。其後思之既久。轉覺親切不可移動。十二月。陞南京太僕寺少卿。駐札滁州。專督馬政。便道歸省。未幾至滁州。門人從者頗衆。地僻官間日與門人遊遨瑯琊（山在州城）瀼泉（即六一泉）之間。月夕則環龍潭（在龍蟠山）而坐者數百人。歌聲振谷。諸生隨地請益。先生就眼前點化各有所得。于是從遊益盛。正德九年四月。陞南京鴻臚寺卿。滁陽諸友送至江浦。不忍言別。遂各賃居。候先生渡江。先生以詩促之使歸。詩曰。

滁之水　入江流　江潮日復來滁州　相思

若潮水　來往何時休　空相思　亦何益

欲慰相思情　不如崇令德　掘地見泉水

隨處無不得　何必驅馳為　千里遠相即

君不見堯羹與舜牆　又不見孔與跖對面不

相識　逆旅主人多慇懃　出門轉盻成路人

五月至南京。徐愛等相從。又有黃宗明薛侃陸澄李本

蕭惠饒文璧朱虎等二十餘人。一同受業。正德十年。先

生念祖母岑太夫人年九十有六。思一修覲。乃上疏請

告。不允。時汀漳各郡皆有巨寇。兵部尚書王瓊特舉先

生之才。陞都察院右僉都御史。巡撫南贛汀漳等處。先生因得歸省岑太夫人及龍山公。正德十二年正月。赴任南贛。道經吉安府萬安縣。適遇流賊數百。肆刧商舟。舟人驚懼。欲迴舟避之。不敢復進。先生不許。乃集數十舟。聯絡為陣勢。揚旗鳴鼓。若將進戰者。賊見軍門旗號。知是撫院。大驚。皆羅拜于岸上。號呼曰。某等飢荒流民。求爺賑濟活命。先生命將船從容泊岸。使中軍官傳令諭之曰。巡撫老爺知汝等迫於飢寒。一到贛後。差官撫插。宜散歸候賑。若更聚刧鄉村。王法不宥。賊俱解散。既抵贛。即行牌所屬。分別賑濟。招撫流民。置二匣於臺前。

榜曰。

求通民情　　願聞己過

因漳賊詹師富溫火燒等連年寇盜。其勢方熾。移文湖廣福建廣東三省。尅期進勦。贛民多受賊賄為之耳目。官府舉動。賊已先覺。先生訪知軍門有一老隸奸狡尤甚。忽召入卧室。謂之曰。有人告爾通賊。你罪在必死。若能改過。悉列通賊諸奸民告我。我當赦汝之命。老隸叩頭悉吐其實。備開奸民姓名。先生俱密拿正法。又嚴行十家牌法其法十家共一牌。開列各戶籍貫姓名年貌行業。日輪一家。沿門詰察。遇面生可疑之人。即時報官。

如或隱匿。十家連坐。所屬地方。一體遵行。又以向来遠調狼達上軍。動經歳年。糜費鉅萬。驕横難制。有損無益。乃使各省兵備官。令府州縣挑選本地真正驍勇。每縣多者十人。少者七八人。大約江西福建二省。各以五六百名為率。廣東湖廣二省。以四五百名為率。其間有魁傑出羣通曉韜略者。署為將領。所募驍勇。隨各兵備官屯劄訓練。無事撥守城隘。有事應變出奇。到任十餘日。調度略畢。即議進兵。兵次長富村。遇賊大戰。斬獲頗多。賊奔至象湖山拒守。我兵追至地名蓮花石。與賊對壘。會指揮覃桓率廣東兵到。與賊戰。小勝。遂進前合圍。賊見勢急潰圍而出。覃桓馬蹶。為賊所殺。縣丞紀用亦同時被害。諸將氣沮。謂賊未可平。請調狼兵。俟秋再舉。先生陽聽其說。進屯汀州府上杭縣。宣言大犒三軍。暫且退師蓄銳。俟狼兵齊集征進。密遣義官曾崇秀覘賊虛實。回言賊還據象湖只等。官軍一退。復出刼掠。先生乃責各軍以失律之罪。使盡力自効。分兵為二路。俱於二月廿九晦日出其不意。銜枚並進。直擣象湖。奪其隘口。衆賊失險。復據上層峻壁。四面滚木礌石。以死拒戰。先生親督兵士奮勇攻之。自辰至午。呼聲震地。三省奇兵從間道攀崖附木。四面蟻集。賊驚潰奔走。官軍乘勝追勦賊兵大敗。先生乃分遣福建僉事胡璉・参政陳策・副使唐澤等。率本省兵攻長富村。廣東僉事顧應祥・都指揮楊懋等。率本省兵攻水竹大重坑。先生自提江西兵。往来接應不一月。福建兵攻破長富村巣穴三十餘處。廣東兵攻破水竹大重坑巣穴一十三處。斬首従賊詹師富温火焼等七千餘名。俘獲賊屬及輜重無算。漳南數十年之寇至是悉平。以二月出師。四月班師。成功未有如此之速者。先生駐軍上杭。久旱不雨。師至之日。一雨三日。百姓歌舞于道。先生因名行臺之堂曰時雨堂。取王師若時雨之義也。先生謂習戰之方。莫要於行伍。

此即管子內政遺制治軍之法莫妙於此要在實實行之耳

治衆之法。莫先于分數。每每調集各兵。二十五人編為一伍。伍有小甲。五十人為一隊。隊有總甲。二百人為一哨。置哨長一人。協哨二人。四百人為一營。置營官一人。參謀二人。一千二百人為一陣。陣有偏將。二千四百人為一軍。軍有副將。偏將無定員。臨事而設。小甲選於各伍中。總甲又選于小甲中。哨長選於千百户義官中。副將得以罰偏將。偏將得以罰營官。營官得以罰哨長。哨長得以罰總甲。總甲得以罰小甲。小甲得以罰伍兵。務使上下相維。如身臂使指。自然舉動齊一。治衆如寡。編選既定。每伍給一牌。備列同伍姓名。謂之伍符。每隊各置兩牌。編立字號。一付總甲。一藏本院。謂之隊符。每哨各置兩牌。編立字號。一付哨長。一藏本院。謂之哨符。每營各置兩牌。編立字號。一付營官。一藏本院。謂之營符。凡遇征調發符。比號而行。以防奸僞。又疏請申明賞罰。兵士臨陣退縮者。領兵官即軍前斬首。領兵官不用命者。總兵官即軍前斬首。其有擒斬功次。不論尊卑。一體陞賞。生擒賊徒。勘明決不待時。夫盜賊之日滋。繇招撫之太濫。招撫之太濫。繇兵力之不足。兵力之不足。繇賞罰之不行。乞假臣等。以令旗令牌。使得便宜行事。又議割南靖漳浦之地。建立縣治于大洋陂。又添立巡簡司。

協同鎮壓。兵部王瓊以先生之言為然。覆奏俱依擬。賜縣名曰清平。改巡撫為提督軍務。給旗牌假便宜。仍論平漳寇功。加俸一級。先生益得發舒其志。

王陽明先生出身靖亂録上

慶應乙丑

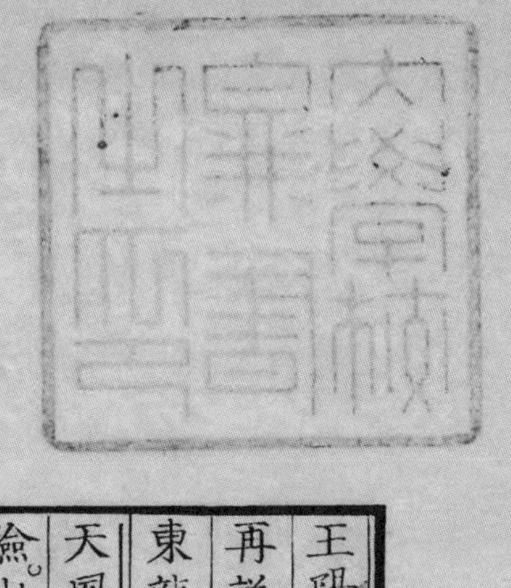
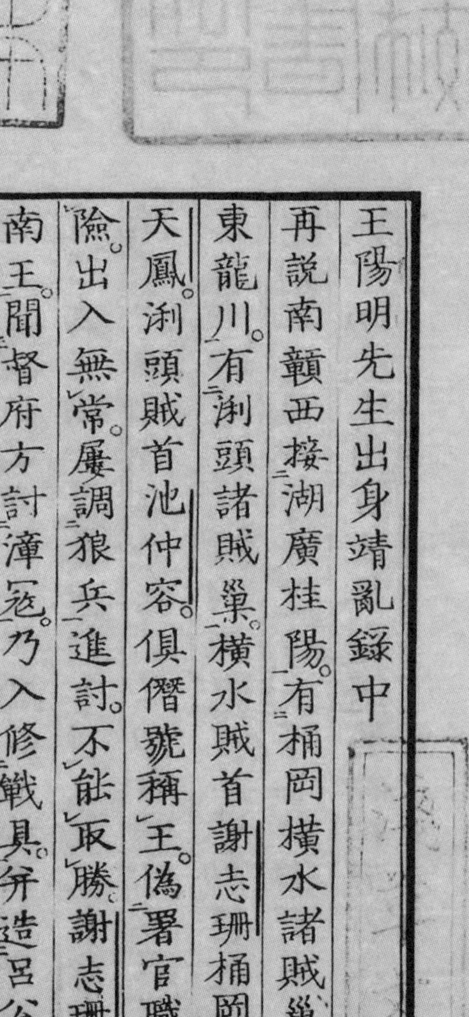
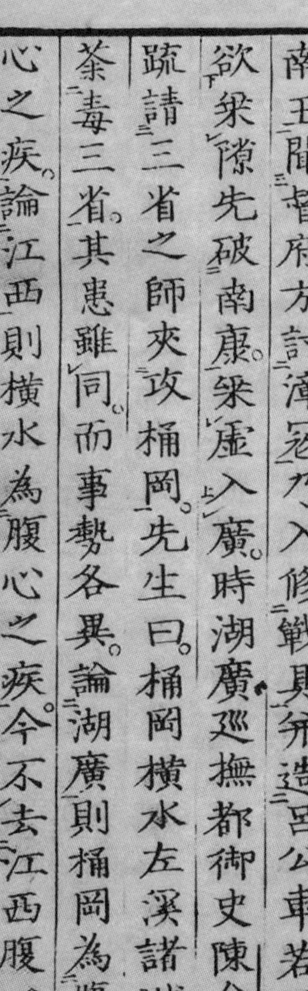

王陽明先生出身靖亂錄中

再説南贛西接湖廣桂陽。有桶岡橫水諸賊巢。東接廣東龍川。有浰頭諸賊巢。橫水賊首謝志珊桶岡賊首藍天鳳。浰頭賊首池仲容。俱僭號稱王。偽署官職。擁衆據險。出入無常。屢調狼兵進討。不能取勝。謝志珊自號征南王。聞督府方討漳寇。乃入修戰具。并造呂公車若干。欲乘隙先破南康。乘虛入廣。時湖廣巡撫都御史陳金。疏請三省之師夾攻桶岡。先生曰。桶岡橫水左溪諸賊荼毒三省。其患雖同。而事勢各異。論湖廣則桶岡為腹心之疾。論江西則橫水為腹心之疾。今不去江西腹心之疾。而欲與湖廣夾攻桶岡。失緩急之宜矣。湖廣尅期以十一月朔日會集。今尚在十月。橫水賊聞湖廣合勦之信。必謂我先攻桶岡。又見我兵未集。師期尚遠。心不准備。若出其不意。進兵疾擊。可以得志。已破橫水。移兵桶岡。此破竹之勢也。先生恐征橫水時。浰頭賊乘機擾亂。乃為告諭一通。具述利害。遣報効生員黃表義民周祥等。招撫池仲容等。勸之立功自贖。且各賜銀布。以安其心。一時賊黨見諭詞誠懇。莫不感動。酋長黃金巢劉遜劉粗眉溫仲秀等。隨黃表等各引部下出投。情願殺賊立功。先生用好言撫慰。選其精壯五百人為兵。隨軍征進餘老弱散遣之。先生已定出師之期。預先分定哨道寮授方略。那幾處哨道。

一江西都司都指揮許清。率兵一千。自南康縣所溪入。攻白藍。與本院會於横水。

一贛州府知府邢珣。率兵一千。自上猶縣石人坑入。協攻白藍。會於横水。

一南贛守備郟文。率兵一千。自大庾縣義安入。合攻左溪。會於横水。

一汀州府知府唐淳。率兵一千。自大庾縣聶都入。合攻左溪。會於横水。

一南安府知府季斆率兵一千。自大庾縣穩下入。合攻左溪。會於橫水。

一南康縣縣丞舒富率兵一千。自上猶縣金坑入。徑攻左溪。會於橫水。

一贛州衛指揮余恩率兵一千。自上猶縣獨孤嶺入。徑攻左溪。會於橫水。

一寧都縣知縣王天與率兵一千。自上猶縣官隘員坑入。進屯橫水。

一吉安府知府伍文定率兵一千。搜勦稽蕪等處賊巢。進屯橫水。

舉動閒且
賊安之必
成功

一廣東潮州府程鄉縣知縣張戩。率兵一千。搜勦黃雀坳等賊巢。進屯橫水。

分撥十路軍馬。限定十月初七日各哨齊發。又撥兵備副使楊璋。分守參議黃宏。監督各營官兵。往來給餉。先生暗諭本院標下將領。同時進發。號令雖出。衙門中寂然無聞。先生在贛院。左有旁門。通射圃。暇即與諸生講學其中。或習射。每至夜分而散。次早則諸生入院揖謝。以此為常。出兵之前一日。與諸生夜坐談論。諸生以先生坐久。請休息。先生乃回院。及明旦諸生集於院門。欲進謝。守門者辭曰。公進院未幾。即領兵出城去。不知何往。度此際可行二十餘里矣。其神機不測如此。先生於十月初九日兵至南康。有人出首義官李正巖醫官劉福泰。素與賊通者。先生召二人至。以首狀示之。二人力辯無有。先生曰。即有之姑釋汝罪。乃皆留於幕下。戴罪立功。景晚李正巖劉福泰。稟有機密事求見。先生召入密叩之。二人齊聲稟稱。欲攻桶岡必經繇十八面地方。此乃第一險要去處。亂山環拱嶺峻道狹。從來官軍不能入。今有木工張保久在巢中。凡建立柵寨皆出其手。要知地利。非得此人不可。先生問張保何在。二人曰。某等蒙老爺不殺之恩。誓欲報効。天幸遇著張保已拘留在轅門之外。未奉呼喚。不敢擅自引入。先生即令二人出外。同張保入見。務要隱密不得聲張其事。當下李劉二人引張保直至後堂叩頭。先生曰。聞鸞賊建立栅寨。皆出汝手。汝罪當死。張保連連叩頭答曰。小人手藝為活。誤入賊穴。一時貪生怕死。受其驅使。實非得已。先生曰。我且不計較汝。但彼立寨之處。必然選擇險要。汝在彼中。亦必備知。可細細開明左右前後大小出入之道。賊破之日。一例叙功。張保欣然。遂請求筆硯。先生分付李劉二人監押。教他安坐開寫。自己退回臥房。使親隨門子以酒食勞之。張保感激。即備細開出其賊寨在某山。某處是進路。某處是退路。某處山頭與某寨相對。路平路險。如何上山。如何下山。恰像寫真山文契的。四趾分明。滴水不漏。門子稟道。木工開寫已完。先生復召見親自收取看了一遍。再把好言撫慰。即留三人於內堂廂房安歇。次早皆授義官名色。初十日兵進至南坪地方。使李正巖劉福泰引著間諜。四路分探回報。衆賊不虞官兵猝至。各巢皆鳴鑼聚衆。往来呼噪。為分頭禦敵之計。勢甚張皇。各險隘皆設有滚木礧石。已做准備。先生乃乘夜疾進。十一日離賊巢三十里下寨。使人伐木立柵開塹設㕑。示以久屯之形。使報効聽選官雷濟義民蕭庚分率鄉兵及樵豎善登山者四百人各給旗一面齎銃砲鉤鐮鎗使繇間道攀崖懸壁而上分伏各山頂高處預堆積茅草約定次日官軍進攻各山頭將旗豎立舉砲燃火相應十二日官軍至十八面隘賊方據險迎敵忽聞遠近山頂砲聲如雷烟焰四起官軍呼噪奮勇砲箭齊發賊驚皇失措以為巢穴已破遂棄險奔潰先生預遣千戶陳宥分率壯士數十懸崖而上奪其險隘盡發其木石官軍乘勝急進呼聲震天指揮謝昶馮廷瑞繇間道先入放火焚賊巢賊退無所據乃大敗四散奔走遂連破長龍十八面隘等七巢賊首謝志珊

與蕭貴模計議。謂橫水居衆險之中。可倚以自固。及聞官軍四進。倉卒分衆阨險出禦。見橫水炮鉃障天。銃砲之聲。搖撼山谷。心膽愈裂。棄險而逃。時各哨官兵陸續俱到。邢珣兵破磨刀坑等三巢。王天與破樟木坑等二巢。許清破雞湖等三巢。俱至橫水來會。唐淳破羊牯腦等三巢。并破左溪大巢。郟文破獅寨等三巢。余恩破長流坑等三巢。舒富破箬坑等三巢。季斆破上西峯等三巢。俱至左溪。守巡各守亦隨後而至。是日斬大賊鍾明貴陳曰能等數人。從賊首級千餘。其自相蹂踐墮崖填谷而死者。不計其數。賊於入路皆刋崖倒樹。設阱埋簽。

官軍晝夜涉深澗。蹈叢棘。遇險絕。則掛繩于崖樹。魚貫而上。猱壁而下。往往失墮深谷。不死為幸。各兵至橫水左溪者。皆疲困不能驅逐。會日暮。傳令收兵屯劄。至次日大霧咫尺不辨。先生令各營休兵享士。使鄉導數十分探潰賊何在。并未破巢穴動靜。連日霧雨至十五日。尚濛濛不開。各鄉導回報。言諸賊預於各山絕險崖壁立寨為退保計。亦有并聚於未破各巢者。諸將皆曰。會勦桶岡期在十一月朔。日已迫矣。奈何。先生曰。此去桶岡尚百餘里。山路絕險。三日方達。若此處之賊未能撲盡而移兵桶岡。瞻前顧後。備多力分。非計之得也。適搜山者擒一賊至。問之。乃是桶岡賊遣至横水探信者。姓鍾名景。先生曰。吾兵所向皆克。滅桶岡只待旦夕。汝若肯留吾麾下効用。當赦汝罪。鍾景叩頭願降。先生因叩桶岡地利。鍾景言之甚詳。兼能識横水各巢路道。先生遂解其縛。賜以酒食。留於帳下。於是傳令各營。皆分兵為奇正二哨。一攻其前。一襲其後。冒霧疾趨。十六日邢珣攻破旱坑等二巢。季斅同郟文攻破穏下等二巢。十七日唐淳攻破緜茅壙巢。十八日許清攻破朱雀坑等四巢。十九日余恩攻破梅坑等二巢。二十日邢珣又破白封龍等二巢。王天與破黄泥坑。二十二日舒富破白水洞巢。是日伍文定張戩兵亦至。二十四日伍文定破寨下巢。張戩破杞州坑巢。二十五日張戩又破朱坑巢。伍文定破楊家山巢。二十六日李斆又破李坑巢。許清又破川坳巢。二十七日郟文又攻破長河洞巢。得斬無數。謝志珊謀遁桶岡。被邢珣活捉解来。先生奉新奏准事例。即命於轅門梟首。臨刑先生問曰。汝一介小民。何得聚衆如此之多。志珊曰。此事亦非容易。某平日見世上有好漢。決不肯輕易放過。必多方鈎致。與為相識。或縱其飲。或周其乏。待其感德。然後吐實告之。無不樂從矣。貿千觔氣力者五十餘人。今俱被殺。束手就縛。乃明天子之洪福也。又何尤哉。因瞋目受刑。先生他日述此事于門人曰。吾儒一生求朋友之益。亦當如此。後人論此語。不但學者求朋友當如此。雖吏部尚書為天下求才。亦當如此。有詩四句云。

同志相求志自同　豈容當面失英雄
隶銓誰是憐才者　不及當年盜賊公

孜陸天地史餘上說。先生微服與木工同入賊寨。自稱工師。兼通地理。賊喜其辯說。禮為上客。先生周行其穴。密籍其險要可藏之處。紿賊以五百人隨出。約伏官軍潛側。尅期出兵為應。賊從其計。先生至軍中。悉配其人於四郊。各不相通自選精卒千人詐降密攜火器埋之賊境又辭歸。至期率兵數萬而進賊啓關出迎洞中火礮大發。精卒從夾擊。賊惶惑不能支遂大敗。平賊後取五百人者剜其目睛而全其命。今按先生年譜。自起兵至平賊纔二十日耳。如疾雷迅霆安得有許多曲折。且自稱工師。往来誘敵。曠日持久亦非萬全之策。此乃小說家傳言之妄。當以年譜為據再說是日誅了謝志柵諸將遂請乘勝進攻桶岡先生詢訪鍾景等已知地勢之詳。謂諸將曰。桶岡天險四寨。其出入之路。惟鎖匙龍葫蘆洞茶坑十八磊新池五處。然皆架棧梯壑。一人守之。千人難過。止有上章一路稍平。非半月不可達。奔馳之際彼已知備矣。莫若移屯近地休兵養威諭以禍福。彼見吾兵累勝必懼而請服。如其遲疑當進而襲之。乃遣戴罪義官李正巖醫官劉福泰并降賊鍾景于二十八夜往桶岡招安藍天鳳等。如果願降待以不死。期定於十一月初一日上午至鎖匙龍送款話分兩頭。却說浰頭賊首池仲容綽號池大鬢。原是龍川縣大户出身。因被仇家告害官府不明。一時氣憤與其弟仲寧仲安聚起家丁庄户。殺了仇家一十一口。遂招集亡命。占住三浰落草。屢敗官軍。漸漸勢大。自號金龍霸王。偽造符印。以兵力脅遠近居民。壯者收為部下。富者借貸銀米。稍有違抗。焚殺無遺。龍川大姓盧珂鄭志高陳英三人頗有本事。各聚衆千餘。保守鄉村。仲容欲招至入夥。盧珂等不從。互相仇殺。先生檄嶺東兵備道。先招盧珂等三家。三家遂奉約束。願出力勦賊。遂留本村。與龍川縣協同備禦。仲容深恨之。及黃金巢等出降。衆賊俱有納款之意。惟池仲容不肯。謂衆賊曰。我等作賊已非一年。官府來招。亦非一次。其言未足憑信。且待黃金巢等到官後果無他說。我等遣人出投。亦未為晚。及聞十月十二日官兵已破橫水。仲容始有懼色。適先生又使黃金

巢等作書往招。仲容乃謂其黨高飛甲曰。官軍既破橫
水。必乘勝直搗桶岡。次即及浰頭矣。奈何。高飛甲曰。前
督撫曾遣人來招安。且聞黃金巢等已蒙署官録用。不
若亦遣一人出投。一則緩其來攻。二則窺覷虛實。若官
軍勢果強盛。招安果係實情。又作計較。不然。留仲安在
彼處亦好潛為內應。一面撥人守險。多備木石以防掩
襲。仲容以為然。乃遣其弟仲安。率老弱二百餘人往至
橫水投降。情願隨衆立功。時橫水賊已全平矣。先生謂
曰。汝既是真心納降。本院即日加兵桶岡。汝可引本部
兵往上新地屯劄。如桶岡賊奔逸。到彼用心截殺。將首

級來獻。便算你功。那上新中新下新三巢。是桶岡西路。
去剎頭甚遠。先生故意調開使其難歸。外示委用以安
其心。此是先生妙計。再說李正巖等至桶岡。先述督撫
兵威。後述招撫之期。藍天鳳大喜。情願就撫。方召其黨
商議此事。橫水賊蕭貴模逃入桶岡。來見天鳳曰。征南
王不知守險。使官軍潛入內地。是以潰敗。若加意隄防。
雖有百萬之衆。豈能飛入。今鎖匙龍各隘。地皆絕險。某
所收橫水餘兵。尚有千餘。足可助桶岡為守。奈何自就
死地。如猪羊入屠人之手乎。天鳳意不能決。乃令各寨
頭目俱至鎖匙龍聚議。先生遣縣丞舒富率數百人。逼

鎖匙龍下寨。連連遣使催取天鳳等款狀一面。密使邢珣兵入茶坑。伍文定兵入西山界。唐淳兵入十八磊。張戩兵入葫蘆洞。立限三十日。衆夜各至分地。是夜大雨不得進。初一日早。雨猶未止。各軍冒雨而入。天鳳見屢使催款。正在商量。又見大雨。料難進兵。防備就懈弛了。忽聞四路兵已大進。驚曰。王公用兵真如神矣。急收拾兵衆千人。據内隘絶壁。隔水為陣。以拒官軍。邢珣率兵渡水前擊。張戩之兵衝其右。伍文定又自戩兵之右。懸崖而下。遶賊傍合攻。賊不能支。且戰且却。及午雨止。各兵奮擊。賊大敗。王天與舒富兩路兵。聞官軍已入前山。

亦從鎖匙龍並登。各軍乘勝奮擊。賊悉望十八磊奔逃。正遇唐淳之兵嚴陣以待。又大戰一場。會日暮暫息。賊猶扼險相持。次早諸軍復合勢勦殺。賊遂大敗。凡破十三巢擒斬無數。初五日至十三日。陸續又破上新中新下新等十巢。斬蕭貫摸于陣。藍天鳳率敗兵欲于桶岡後山。架飛梯直入范陽大山。却先被官軍把守。前後困圍。計無復之。乃投崖而死。梟其首以獻。巖谷溪壑之間。僵屍填滿。于是桶岡之賊畧盡。據先生報二處捷數曰。

擣過巢穴共八十四處

擒斬大賊首謝志珊藍天鳳等八十六名顆

從賊首級三千一百六十八名顆

俘獲賊屬二千三百三十六名口

奪回被虜男婦八十三名口

牛馬驢一百八隻

贓仗二千一百三十一件

金銀一百一十三兩八錢一分

時湖廣軍門已遣參將史春統兵前來會勦。行至郴州。接得先生釣牌。知會桶岡賊巢俱已蕩平。不必復勞遠涉。史春大驚曰。向議三省合勦打帳一年。尚恐未能盡殄。今王督院之兵。朝去夕平。如掃秋葉。真天人也。先生

奏凱班師百姓扶老携幼手香羅拜言今日方得安枕
而卧所經州縣關隘各立生祠遠鄉之民肖像于家堂
供養歳時尸祝先生謂横水桶岡各賊寨散在大猶庾
嶺之間地方窵遠號令不及議割三縣之地建立縣治
及增添三處巡司設關保障疏上悉依議賜縣名曰崇
義附江西南安府賜勅獎諭浰頭賊聞桶岡復破愈加
恐懼乃分兵為守隘拒敵之計先生先諭黄金巣等寄
遣部下散歸賊巣左近侯官兵一到即擄險遏賊再諭
盧珂鄭志高等用心提備然後遣生員黄表義民周祥
等齎牛酒復至浰頭賞勞各酋長并詰其分兵守隘之

故池仲容無詞可解。乃詐稱龍川義民盧珂、鄭志高素有仇怨，今不時引兵相攻，若一撤備，必被掩襲。其等所以吝為之防，非敢抗官兵也。遂遣其黨鬼頭王隨黃表等回報，請寬其期，當悉衆出投。盡革偽號，止稱新民。先生陽信其言，遂移檄龍川，使察盧珂等擅兵仇殺之實。謂鬼頭王曰：盧珂等本院已行察去訖，如情罪果真，本院當遣大軍往討，但須假道浰頭。汝等既降，先為我伐木開道，以候官軍，不日征進。鬼頭王回報池仲容，且喜且懼。所喜者督院嗔怪盧珂等，墮其術中；所懼者恐其取道浰頭，不是好意。復遣鬼頭王來謝，且稟稱盧珂等其自當悉力捍禦。不敢勤勞官軍。恰遇盧珂鄭志高陳英親到督院具狀。辯明其事。狀中備述池仲容等平昔僭號設官。今又點集兵衆。號召遠近各巢賊酋。授以總兵都督等偽官。準備抗拒官軍。先生大怒曰。池仲容已自投招。便是一家。汝挾讐擅自讐殺。罪已當死。又造此不根之言。架機誣陷。欲掩前罪。本院如見肺肝。那池仲容方遣其弟池仲安領兵報效。誠心歸附。豈有復行抗拒之事。遂扯碎其狀。訖之使出。再來瀆擾必斬。却教心腹參謀密向他說。督府知汝忠義。適来佯怒。欲哄誘浰頭自来。你須是再告。告時受杖三十。暫繫數旬。方遂其計。

盧珂等依言。又来告辯。先生益怒。喝令縛珂等斬首来報。標下衆將俱為叩頭討饒。先生怒猶未解。將盧珂責三十板。喝令監候。池仲安等在幕下。聞珂等首辯。心懷驚懼。及見先生兩次發怒。然後大喜。率其黨懽呼羅拜。爭訴珂等罪惡。先生曰。本院已體訪明白。汝可開列惡款来。待我審實後。當盡收家屬處斬。以安地方。仲安益大喜。作家書付鬼頭王田報其兄仲容去訖。盧珂等既入監。先生又使心腹参隨只說要緊人犯在監。不放心教他巡閱。却暗地致督府之意。安慰安等。說事成之日。當有重用。你可密地分付家屬。整頓人馬伺候軍令差

遣珂等感泣曰督府老爺為地方除害若用我之時雖
肝腦塗地亦無所恨先生又使生員黄表聽選官雷濟
安慰池仲容說督府已知盧珂等讐殺之情汝等勿以
此懷疑仲容大排筵席管待黄表雷濟二人坐中誇督
府用兵如神更兼寬宏大量来者不拒黄金巢等俱授
有官職你等若到麾下自當題請重用仲容拱手曰全
仗先生們提挈黄表因私謂所親信賊酋曰盧珂等說
令兄惡跡多端無非是妬忌之意雖然督府不信令兄
處也該自去投訴仲寧唯唯言于仲容仲容遲疑不行
十二月二十日先生大軍已還南贛各路軍馬俱已散

遣。回歸本處。先生乃張樂設飲。大享將士。示諭城中云。督撫軍門示向來賊寇搶攘。時出寇掠。官府一兵轉餉騷擾地方。民不聊生。今南安賊巢盡皆掃蕩。而浰頭新民皆又誠心歸化。地方自此可以無虞。民久勞苦。亦宜暫休息為樂。乘此時和年豐。聽民間張燈鼓樂。以彰一時太平之盛。

先生又曰。樂户多住龜角尾。恐有盜賊藏匿。仰悉遷入城中以清奸藪。于是街巷俱燃燈鳴鼓。倡優雜沓游戲為樂。先生又呼池仲安至前謂曰。汝兄弟誠心向化本院深嘉。聞盧珂黨與最衆。雖然本身被繫。其黨懷怨或掩爾不虞事不可知。今放爾暫歸。洲頭幇助爾兄防守。
傳語爾兄小心嚴備。不可懈弛失事。仲安叩頭感謝。先
生又使指揮余恩護送仲安。并■新曆頒賜諸酋。諸酋
大喜。盛筵設款仲安。又述督府撒兵安民。及遣歸協守
之意。無不以手加額。踴躍謝天。時黄表雷濟尚留寨内
會飲中間。仲容說道。我等若早遇督府。歸正久矣。表濟
曰。爾輩新民不知礼節。今官府所以安輯勞来爾等甚
厚。況且遣官頒曆。奈何安坐而受之。論禮亦當親往一
謝。余恩曰。此言甚當。況盧珂等日夜哀訴。說你謀反。有
據。官府若去拘他。他斷然拒命不来。何不試拘對理。看

王陽明先生出身靖亂録

他来與不来即此可證叉情之實仲容曰若督府来喚
對理豈有不去之理表濟又曰今若不待拘喚竟往叩
謝須便就訴明盧珂等罪惡官府必益信爾無他珂等
訴害是實殺之必矣所親信賊酋亦從中力勸仲容以
為然乃謂其衆曰若要伸先用屈輸得自己羸得他人
贑州伎倆亦須親往勘破遂定計選麾下好漢并所親
信者共九十三人親至贑州来見督府仲寧仲安留守
本寨余恩等先馳歸報先生乃密遣人傳諭屬縣勒兵
分哨付本院不時檄到即發又遣千户孟俊先至龍川
督集盧珂鄭志高陳英三家兵衆又以路從淛巢經過

恐其起疑于是另寫一牌牌上開寫盧珂等擅兵仇陷過惡仰龍川縣容拘三家黨屬解至本院問究却將真牌藏于貼內祕處孟俊行至浰頭賊黨一路盤問俊出牌袖中示之故意囑他此官府祕密事情萬勿洩漏賊皆羅拜爭獻酒肉為之向導先出浰巢一路上其黨自相傳說無不歡喜孟俊到了龍川方出真牌部勒三家兵衆巢中諸賊傳聞皆以為拘捕其黨並不他疑仲容等到于贛州正似猪羊近屠户之家一步步来尋死地仲容把一行人衆營於教場單引親信數人進院參謁先生用好言撫慰問此来許多人衆仲容稟曰隨從不

過九十餘人。先生曰既是九十餘人。必須揀箇極寬的
去處安頓方好。問中軍官何處最為寬閒。中軍官稟道。
惟有祥符寺地最寬廠房屋亦俱整齊。先生曰就引至
祥符寺居住罷。又問衆人今在何處。中軍官不等仲容
開口便稟道衆人見屯教場。先生偽變色曰。爾等皆我
新民。不来見我而營于教塲。莫非疑心本院麽。仲容惶
恐叩首曰就空地暫息聽老爺發放。豈有他意。先生曰。
本院今日與你洗雪復為良民也非容易。你告悔過自
新。學好做人。本院還有扶持你處。仲容叩謝而出。既至
祥符寺。見官室整潔。又有參隨數人為舘伴賜以米薪

酒肉。標下各官俱来相拜。各有下程相送。歡若同僚。喜出望外。時乃閏十二月二十三日也。参隨等日導衆賊遊行街市。見各營官軍果然散歸。街市上張燈設戲。宴飲嬉遊。信以為督府不復用兵矣。又密賂獄卒。私往覘盧珂等動靜。果然械繫深固。獄卒又說官府已行牌拘其家屬。一同究問不日取斬。仲容大喜曰。吾事今日始得萬全也。先生復製長衣油靴。分給衆賊。使参隨教之習礼。一日又漫給布帛。未曾開明分別賞賜。于是老少互争。参隨稟知。先生曰。本院多事。未及細開。何不教他開一花名手本。下次照依次序給賞。老少不亂。豈不便乎。仲容依言。開手本送上。于是盡得其九十三人名姓。過五日。仲容等辭歸。先生曰。自此至浰有八九日程途。即今往不能到家過歲矣。新春少不得又來賀節。多了一番跋涉。況贛州今歲燈事頗盛。在此亦不寂寞。何不以正月回去。賊中少年喜觀燈。日得遊于娼家。參隨復借貸銀錢。諸賊皆欣然忘歸。至元旦。隨班入賀行禮。下午仲容復入辭。先生曰。汝謁正尚未犒賞。奈何就去。初二日本院尚未得暇。初三日當有薄犒。次日令有司送酒於寺舘。參隨官攜妓女陪侍。衆賊歡飲竟日。預懸牌於轅門。牌上寫道。浰頭新民池仲容等。次日齊赴軍門

領賞照依花名次序不許攙前譁亂領賞過三叩頭即
出齊赴兵備道叩謝事畢逕回不必又辭本院參隨官
抄寫牌面與衆賊看了無不歡喜是夜先生密諭守備
郟文令撥經戰甲士六百人分作二十隊伏于射圃候
本院犒賞賊酋每五名一班鼓吹送出院門過射圃則
以甲士一隊擒而殺之大約六人制一人度無不勝事
了之後只用一人在龍縣丞處回話龍縣丞者名光原
是正途出身為吉安縣丞因不善逢迎上司不喜要題
逐他大守伍文定察其人可用言其寃于先生留作參
隨先生又召龍光分付汝可引甲士一隊粧做衙門公

役。各藏暗器。立于大門照墻之下。如賊黨中有强力難制者。你令手下甲士上前相幫。若了事時。你便遥立屏墻使我望見以慰我心。倘有他變。趨入報我。又分付有司預備花紅羊豕壜酒曆日銀兩之類。院内軍將隨常排列。自有規矩。亦密諭中軍官只等本院號令。一齊下手。至初旦日侵早。軍門上已吹打過二次。各官俱集。池仲容引著九十三人。都穿著軍門頒賜長衣油靴。整整齊齊来至院前。見巡捕官在院門上結綵。問其緣故。答道今日老爺犒賞新民。乃是地方吉慶之事。如何不掛綵。須臾屠户牽許多猪羊来到。參隨指與仲容道。這都

是你們的賞物。衆賊預先歡喜須臾三通吹打放銃。門
門文武屬官追院作揖。仲容等亦隨入叩頭礼畢先生
先嗔池仲容到前説你自頭目。倡率歸順。與衆不同。將
案上大葵花銀杯。賜酒三大杯。草花一對。紅絹二段纏
身。犒銀三兩。大饝饝一盤。羊肉豕肉各五斤。酒二壜。分
付你且站在一邊。看本院賞完衆人。撥門上家下一名
送你歸寺。仲容復叩頭稱謝。此時天門二門兩班樂人。
大吹大擂。階下屠户殺猪宰羊。論斤分剁。好不熱鬧。仲
容雙花雙紅。立于泊水簷下。何等榮耀。便似新得了科
第一般。不勝之喜。衆賊候賞的。一個個伸頭舒頸。在堦

下尊聽唱名。先生將花名手本付與中軍。分付道。依次
唱名。每五名做一班。鼓樂導出。也教百姓看見。曉得從
順的好處。四方傳說。中軍官領諾。手執手本。高唱某某。
衆賊答應。每五名做一字跪著。每名草花一對。紅布一
匹。都是中軍官與他掛纓。亦各賜熱酒二杯。犒賞銀一
兩。大鏇鏇十枚。羊肉豕肉各一斤。酒一小壜。賊人要將
鏇鏇銀封置于袖中。中軍官道。你若藏了。不見督府老
爺的恩典。須是放在外面。教衆百姓們大家觀看。乃教
他將衣兜子兜起鏇鏇。右手把著酒壜。手中就捻著銀
封。左手提著猪羊肉。東脚門進。西脚門出。剛到射圃前。

那三十名甲士先在那裡挨次伺候。六人伏侍一箇。已自衆寡不敵。況且没心人對了有心人。雙手又拿著許多賞物。身上穿著長衣。又被紅布纏住脚下。油靴底滑。許多不方便。雖有强悍有本事的。也減了數分。不消得十分費力。便都了當。就將五箇銀封繳到龍縣丞處為信。這裡殺人。裡面熱閙之際。那得知道。一五一十。只管送將出來。龍縣丞在屏墻下。數過第十七隊已了。過八十五人矣。算道院内連池仲容只有九人。不足為慮。乃走入院門。意欲回復。先生遥見龍光走進。疑外廂有變。注目視之。見龍光行步甚緩。知其無他。心下方纔安穩。

龍縣丞步至堂。取茶一甌。送至先生案前。稟曰。都了却。先生以頭麾去。中軍官又喚五名。已跪下領賞。先生曰。汝等俱是少年後輩。前日何得與年長者爭賞。須挪出細打二十。以示教誨。因指未賞者三人曰。汝亦是爭賞者。且只教誨你八箇人。中軍官及兩班勇士一齊上前挪縛。池仲容色變。肚中如七八箇吊桶一上一落。好不安穩。一時在他矮簷下。怎敢不低頭。先生見各賊挪完。喚池仲容到前。說汝雖投順。去後難保其心。仲容方欲啓口分辯。先生喝聲。中軍官也與我挪著。就于袖中出盧珂等首狀。當面逐欵質問。偽檄上金龍霸王印信

從何而来。仲容頓口無言。惟有叩頭請死。先生命押付
轅門。同八人斬首號令。仲容到轅門之外。方知領賞衆
賊俱已殺完。悔之無及。瞑目受刑。正是。

人惡人怕天不怕　人善人欺天不欺
善惡到頭終有報　只爭来早與来遲

先生用計。不動聲色。除了積年的反賊。滿城官吏士民
無不稱快。犒賊之物。一毫不失。即以賞有功甲士。獄中
放出盧珂鄭志高陳英。厚加賞賜。不在話下。時日已過
午。先生退堂。一箇頭旋昏倒在地。左右慌忙扶起。嘔吐
不止。衆官俱至私衙問安。先生曰。連日積勞所致。非他

病也。幸食薄粥。稍静坐片時。安然如故矣。是夜先生發

檄催各路兵。期定本月初七日。于三浰相會。一同搗巢。

那燊路。從廣東惠州府龍州縣入者。共三路。

知府陳祥兵從和平都入

指揮姚璽兵從烏虎鎮入

千户孟俊兵從平地水入

從江西贛州府龍南縣入者。共四路。

指揮余恩兵從高沙堡入

推官危壽兵從南平入

知府邢珣兵從太平堡入

指揮郟文兵從泠水逕入
從贛州府信豐縣入者。共二路。
知府季敩兵從黃田岡入
縣丞舒富兵從烏逕入
先生自率帳下官兵。從龍南泠水逕直搗下浰大巢。却
說巢中諸賊先前得池仲容書信。說贛州兵俱已散歸。
督府待之甚厚。不日誅盧珂等。傳去各巢人人信以為
真。各自安居不做准備。初聞官兵四路並進。怪仲容無
信到。尚不以為然。比及打聽得實。官兵已至龍子嶺。去
賊巢甚近了。一時驚惶失措。乃悉其精銳。據險設伏。并

勢迎敵。官軍聚為三衝。犄角而前。指揮余恩兵首先遇賊。百長王受奮勇前進。與賊大戰。約莫三十餘合。賊兵稍却。王受追趕里許。賊伏四起。將王受圍困垓心。左衝右突。不能出去。忽聞東角頭鼓譟之聲。一隊官軍殺將入來。乃是惠州府推官危壽部下義官葉芳也。伏兵見有接應。正欲分兵迎敵。千户孟俊兵又從岡後殺到。橫衝賊伏。與王受合兵。三路軍馬同時勦殺。呼聲震天。賊大奔潰。官軍乘勝逐北。三浰大巢俱不能守。各路兵聞大巢已破。心膽益壯。各自奮勇立功。連破五花障白沙赤唐等巢穴十一處。斬級無數。其夜敗賊復奔鐵石障尺八嶺等巢穴。次早先生傳令各哨官兵，探賊所住，分投急擊。初九日知府陳祥破鐵石障巢，斬池仲寧，獲金龍霸王偽印，及違禁旗砲各物。於是復克羊角山等巢穴二十三處，擒斬更多。各巢奔散之賊，其精悍者尚有八百多人，高飛甲等率之，復哨聚于九連山。那九連山高有百仞，横亘數百餘里，俱是頑石卓立，四面料絕，止東南崖壁之下，一條線路可通。賊又將木石堆積崖上，只等我兵到時，發石滚木，百無一全。先生傳選精鋭七百人，將所獲賊人號衣穿著，假作奔潰之賊，乘夜直衝崖下澗道而過。賊認做各巢敗散之黨，于崖上招呼，我兵亦佯與呼應。賊遂不疑。我兵已度險。遂扼斷其後路。次日黎明我兵放起砲來。賊方知是官軍。并勢來攻。我兵所據又在賊崖上面。從上擊下。賊不能支。遂退。高飛甲與池仲安商議。分隊潛遁。先生預令各哨官兵。四路埋伏。賊遇伏輒敗。又殺五百餘人。池仲安中箭而死。高飛甲率殘黨三百餘人。分遯上下坪黃田坳等處。各哨官兵復約會搜捕。見賊便殺。高飛甲亦為守備郟文所斬。有名賊徒勦滅殆盡。惟張仲全等二百餘人。聚于九連谷口。呼號痛哭。自言本是龍川良民。被池仲容等迫脅在此。與他搬運木石。只因貪戀殘生。受其驅役。並不

曾見陣廝殺求開生路先生遣報効生員黄表往驗杲
然俱是老弱且從賊未久其情可憐乃使贑州刑知府
往撫其衆籍其名數安插于白沙地方復為良民此番
用兵自正月初七日起至三月初八日止通計両月内
擣過巣穴三十八處
斬大賊首二十九名顆
次賊首三十八名顆
從賊二千零六名顆
俘獲賊屬男婦八百九十名口
奪獲牛馬一百二十二隻匹

器械贓仗二千八百七十件

贓銀七十兩六錢六分

先生上疏奏捷。請于和平峒添設縣治。以扼三省之衝。得旨准添設。名和平縣。陞先生都察院右副都御史。廕一子錦衣衛世襲千户。辭免不允。時正德十三年也。諸賊既平。地方安靖。乃得專意于講學。大修濂溪書院。將古本大學朱子晚年定論付梓。凡聽教者悉贈之。時門人徐愛亦舉進士。刻先生平昔問答。行於世。命曰傳習錄。海內讀其書。無不想慕其人也。江西名士鄒守益等。執贄門下。生徒甚盛。先生嘗論三教同異。曰仙家說到虛聖人豈能于虛上加一毫實佛家說到無聖人豈能于無上加一毫有但仙家說虛從養生来佛家說無從出離生死苦海来却于本體上加却這些子意在良知之虛便是天之太虛良知之無便是太虛之無形日月風雷山川民物凡有象貌形色皆在太虛無形中發用流行未嘗為天障礙聖人只是順其良知之發用天地萬物皆在于我正是

道在將興逢聖世　文當未喪出明師
人人有箇良知體　不遇先生總不知

話分兩頭却說江西南昌府宗藩寧王乃是太祖高皇

帝第十七子。名權。初封大寧。因號寧王。高皇帝諸子中。只有燕王善戰。寧王善謀。故封于北邊。以捍禦北虜。後燕王將起兵靖難。以大寧降胡所聚。以計刼寧王與之同事。富貴共之。後燕王既登大寶。改元永樂。是為成祖文皇帝。以大寧故地置朶顏三衛。欲封寧王於川廣。寧王自擇蘇杭二處。請封。文皇帝不許。寧王大恚。遂出飛旗。令有司治馳道。文皇怒。寧王不自安。屏去從人。獨攜老監數人。自南京竟走至江西省城。稱病。臥於城樓之上。布按三司奏聞。文皇帝不得已。以南昌封之。仍號寧王。數傳至於臞仙。修真好道。禮賢下士。號為賢藩。臞仙傳。惠王。惠王傳靖王。靖王傳康王。康王中年無子。悦院妓馮針兒。留侍宮中。呼為馮娘娘。針兒有娠。康王夢蟒蛇一條飛入宮中。將一宮之人。登時啖盡。又張口來嚙康王。康王大呼一聲。猛然驚醒。侍兒報馮娘娘已生世子矣。康王惡其不祥。命勿留養。遂匿于伶人秦榮之家。既長歸宮。康王心終不喜。臨薨時。不令入訣。濠性聰慧。通詩史。善為歌詞。然輕桃無威儀。喜兵嗜利。既襲位。愈益驕橫。術士李自然言其有天子骨相。漸有異志。輦金于都下。先結交內侍李廣。正徳初又結交劉瑾等八黨為之延譽。又賄買諸生。舉其孝行。朝廷賜璽書褒奬。又謀廣其府基。故意于近處放火延燒。假意救滅。折毀其房。然後抑價以買其地。又置庄于趙家圍地方。多侵民業。民不能堪。每收租時。立寨聚衆相守。又畜養大盜胡十三凌十一閔廿四等。於鄱陽湖中刼掠客商貨物。預蓄軍資。先是胡世寧為江西兵備副使。洞察其惡。乃上疏奏聞。語甚激切。宸濠亦奏。世寧離間骨肉。輦金遍賂用事太監。及當道大臣。都察院副都御史叢蘭尤與濠密。反劾世寧狂率。拿送錦衣衛。謫戍瀋陽。于是宸濠得志。凡仕江右者。俱厚其交際之禮。朝中權貴。無不結交。又遣人于各處訪求名士。聘為門客。錦衣千戶朱寧者。

小名福寧兒。雲南李巡簡家生子也。太監錢能鎮守雲南因以為養子。名錢寧。因劉瑾得引見武宗皇帝。仗侍踢毬。以柔佞得幸。賜姓朱。冒功拜官。寧轉薦伶人臧賢亦得寵。二人招權納賄。家累巨萬。宸濠俱結為心腹。武宗皇帝屢幸臧賢之家。賢于家中造成複壁。外為木櫥。櫥門用鎖門內潛通密室。每每■駕到預藏寧府使者于複壁中。竊聽。一言一動無不悉知。安福縣舉人劉養正。字子吉。幼舉神童。既中舉。不第。不復會試。製隱士服。以詩文自高。三司撫按折節其門。以得見為幸。濠以厚幣招致。歲時餽問不絕。遂與濠暱。李士實繇翰林官至侍郎致仕。與濠為兒女親家。士實頗有權術。以姜子牙諸葛孔明自負。濠用為謀主。又以承奉劉吉術士李自然徐卿等。黨與甚衆。因武宗皇帝無子。濠謀以其子二哥為皇嗣。朱寧臧賢與諸大閹力任其事。朝中六部九卿。科道官員。亦多有為之左右者。因其事重大。未敢發言。李士實為濠謀。通于兵部尚書陸完。題復寧府護衛。一面使南京鎮守大監畢真倡率南邉官員人等。保舉寧王孝行。及陸完改吏部。王瓊代為兵部尚書。瓊策濠必反。謂陸完曰。祖宗革去護衛。所以杜藩王不軌之謀。正是保全他處。寧王再三要復護衛。不知他要兵馬何用。

牛頭不對馬觜。亦見元亨迂腐一班。若陽明處此必別有一番化導關發處

異日恐有他變必累及公矣。陸完大悔。寫書于濠欲其自以己意繳還護衛。濠不從。借護衛為名。公然招募勇健。朝夕在府中使鎗弄棒。先生聞濠叉謀。乃因其賀節之禮。使門人冀元亨往謝。元亨字惟乾。錢塘舉人。為人忠信可托。先生聘為公子正憲之師。故特遣行使探聽寧王舉動。却說宸濠有意結交先生。聞元亨是先生門人。甚加禮貌。漸漸言及于外事。元亨佯為不知。與談致知格物之學。欲以開導寧王。止其邪心。濠大笑曰。人痴乃至此耶。立與絕。元亨歸。輙述于先生。先生曰。汝禍在此矣。汝留此。寧王必并燐孽及我。遂遣人衛之歸家。再

說寧府典寶閻順。內官陳宣劉良。見濠所為不法。私詣京師出首朱寧。與陸完隱其事。使人報濠。濠疑承奉周儀所使。假裝强盜。盡殺其家。又殺典仗查武等數百人。復輦金京師。遍賂權要。求殺閻順等。順等亡命遠方。乃免。于是逆謀益急。寧王之妃婁氏。素有賢德。生下三子。大哥三哥四哥。寧王最敬重之。婁妃察寖濠有不軌之志。乃于飲宴中間。使歌姬進歌勸酒。欲以諷之。曲名梧葉兒去。

爭甚麼名和利。問甚麼咱共伊。一霎時轉眼故人稀。漸漸的朱顏易改。看看的白髮來催。提起時好傷悲。

赤緊的可堪。當不住白駒過隙。

宸濠聽此詞。有不悅之色。婁妃問曰。殿下對酒不樂何也。宸濠曰。我之心事非汝女流所知。婁妃陪臉笑曰。殿下貴為親王。錦衣玉食。享用非常。若循理奉法。永為國家保障。世世不失富貴。此外更有何心事。宸濠帶了三分酒意。嘆口氣道。汝但知小享用之樂。豈知有大享用之樂哉。婁妃曰。願聞如何是大享用小享用。宸濠曰大享用者。身登九五之尊。治臨天下。玉食萬方。吾今位不過藩王。治不過數郡。此不過小享用而已。豈足滿吾之願哉。婁妃曰。殿下差矣。天子摠攬萬機。晏眠早起。勞心焦思内憂百姓之失所。外愁四夷之未服。至于藩王。衣冠宮室車馬儀仗。亞于天子。有豐享之奉。無政事之責。是殿下之樂。過于天子也。殿下受藩鎮之封。更思越位之樂。竊恐志大謀踈。求福得禍。那時悔之晚矣。宸濠勃然變色。擲杯于地而起。有詩為證。

造謀越位費心機　逆耳忠言苦執迷

天位豈容僥倖取　一朝勢敗悔時遲

婁妃復戒其弟婁伯將。勿從王為逆。伯將亦不聽。宸濠起造陽春書院。僭號離宮。用酖酒毒死巡撫王㤦。守臣無不悚懼。諷有司參謁俱用朝服。各官懼其勢燄。亦多從之。時鄱陽湖中屢屢失盜。盡知是寧府窩養。吞聲莫訴。婁妃屢諫不聽。兵部尚書王瓊預憂其變。督責各撫臣。訓兵修備。又以承奉周儀等之死。責江西撫臣嚴捕盜賊。南昌府獲盜一顆。内有凌十一。有人認得是寧府中親信之人。撫臺孫燧密聞于王瓊。宸濠使其黨于獄中强劫以去。叛謀益急。約定八月鄉試時。百官皆進科場。然後舉兵。王瓊聞凌十一被劫。怒曰有此賊正好做寧府反叛證見。如何容他劫去了。責令有司立限緝獲。濠恐事洩。復諷南昌諸生。頌己賢孝。迫挾撫按具奏。為之解釋。按察副使許逵勸發兵圍寧府。搜獲劫盜。若拿出一二人。究出謀叛之情。請旨迫奪。免得養成其患。燧猶豫不決。被濠屢次催促。巡撫孫燧不得已。隨衆署名。乃別奏濠不法事。列款有據。濠亦慮及此。預布心腹勇健。假裝响馬于北京一路。但有江西章奏盡行刼去。燧七次奏本都被攔截。不得上聞。止有保舉孝行的表章。濠使心腹林華同賫上京。直達天聽。時江彬新得寵幸。冒功封平虜伯。太監張忠與朱寧有隙。遂附江彬。每欲發寧王之事。以傾朱寧。未得其便。及保養表至。武宗皇帝問于張忠曰。保官好陞他官職。保親王意欲何為。忠對曰。王上更無進步。其意未可測也。先是宸濠結交臧賢。僞使伶人秦榮就學音樂。謝以萬金及金絲寶壺一把。忽一日武宗皇帝駕幸臧賢家。賢注酒獻上武宗皇帝見壺。驚曰。此壺光澤巧麗。我宮中亦無此好物。汝何從得此。臧賢恃上之愛寵。且欲表宸濠之情。遂以實對曰。不敢隱瞞。賴萬歲洪福。此乃寧殿下所賜也。武宗皇帝曰。寧叔有此好物。何不獻我。乃賜汝耶。其時優人中有小劉者。亦新得寵。獨未得濠賄賂。心中怏怏。及大駕回宮。又誇金壺之美。小劉笑曰。寧殿下不思爺爺物足矣。爺爺尚思寧殿下乎。昨保舉賢孝。爺爺豈遂忘之。今朱寧臧賢日夕與寧府交通。所得寶貨無筭。藏納奸細於京中不計其數外人無不知獨爺爺不知耳武宗皇帝遂疑臧賢有旨遣太監蕭敬搜索賢家又降旨各藩使人無事不許擅留京師試御史蕭淮遂直攻寧王并參李士實畢真等給事中徐之鸞御史沈灼等連章復上朝廷准奏念親親之情不忍加兵遣駙馬都尉崔元都御史顏頤壽及太監賴義往諭革其護衛寧府心腹林華先在複壁中聽知金壺之語用心打探及聞京師挨緝奸細又有詔使遣至江西遂於會同館取快馬晝夜奔馳在路纔十八日便至南昌其日乃是六月十三日正宸濠誕辰諸司入賀濠張宴款待林華候至席散

方纔稟奏。濠謂李士實劉養正等曰。凡抄解宮眷。始用
駙馬親臣。今詔使逮来。事可疑矣。若待科場之事。恐詔
使先到。便難措手。今當如何。養正曰。事急矣。明旦諸司
謝酒。便當以兵威脅之。士實曰。須是假傳太后密旨。如
此恁般。方好商量停當。時閏廿四凌十一吳十三等。亦
以賀壽畢集。夜傳密信。令各飭兵伺候。及旦諸司入謝。
礼畢。濠出坐立于露臺之上。詐言于衆曰。昔孝宗皇帝
為太監李廣所誤。抱養民間子。我祖宗不血食者。今十
四年矣。太后有密旨。命寡人發兵討罪。共伸大義。汝等
知否。巡撫孫燧挺身出曰。既然太后有旨。請出觀之。濠

大聲曰。不必多言。我今往南京去。汝願保駕否。燧曰。天無二日。民無二王。這纔是大義。此外非某所知。濠戟手怒曰。汝既舉保我孝行。如何又私遣人誣奏我謀為不軌。如是反覆。豈知大義。叱左右與我挪了。按察副使許逵從下大呼曰。孫都御史。乃欽差大臣。汝反賊敢擅殺耶。濠怒喝令并縛之。逵顧燧曰。我欲先發。公不聽我言。今果受制于人。尚何言哉。因大罵宸濠逆賊。今日汝殺我等。天兵一到。你全家受戮。只在早晚。濠令較尉火信拽出于惠民門。斬首示衆。比及婁妃聞信急使內侍傳救。已無及矣。陽明先生有哭孫許二公詩二首。

其一云

去下烏紗做一場　男兒誰敢墮綱常
肯將言語堦前屈　硬著肩頭劍下亡
萬古朝端名姓重　千年地裏骨頭香
史官謾把春秋筆　好好生生斷幾行

其二云

天翻地覆片時間　取義成仁死不難
蘇武堅持西漢節　天祥不受大元官
忠心貫日三台見　心血凝冰六月寒
賣國欺君李士實　九泉相見有何顔

時僉事潘鵬自為御史時先受寧王賄賂與之交通至是率先叩頭呼萬歲參政王倫季斆斆為南安知府從先生平賊有功陞參政懼禍亦相繼拜伏布政使梁宸按察使楊璋副使唐錦都指揮馬驥各各以目相視不敢出聲濠大喝曰順我者生逆我者死四人不覺屈膝鎮守太監王宏巡按御史王金奉差主事馬思聰金山布政使胡濂參政程果劉斐參議許效廉黃宏僉事賴鳳僉書郲文以指揮從先生征賊有功陞今任都指揮許清白昂初皆不屈濠令繫獄三日俟其改口願附方釋之惟馬思聰與黃宏終不肯服不食而死真忠臣也濠即日偽置官屬以吉暨涂欽萬銳

等為御前太監。尊李士實為大師。劉養正為國師。劉吉
為監軍都御史。參政王綸授兵部尚書。李斆等各加偽
職。大盜閔廿四。吳十三。淩十一等。俱授都指揮等官。南
昌知府鄭瓛。知縣陳大道。俱願降。復職管事如故。其時
有瑞州知府姓王名以方。湖廣黔陽人。素知宸濠必叛。
練卒葺城。為守禦計。宸濠慕其才能。屢次遣人送禮。欲
招致之。以方拒而不受。至是適有公事到于省城。逆黨
擒送寧府。宸濠命降。以方不從。繫之於獄。宸濠又傳檄
遠近。革去正德年號。擬改順德二字。只待南京正位。即
便改元。又造偽檄。指斥乘輿。極其醜詆。時濠畜養死士

二萬。招誘四方盜賊渠魁四萬餘。又分遣心腹婁伯將
王春等。肆出收兵。合護衛黨與并脅從之人。共六七萬
餘人。軍勢甚盛。又用江西布政司印信公文。差人遍行
天下布政司。告諭親王三司等官舉兵之意。一面修理
戰具。此一場。鬧動了江西省城百姓。後人有詩嘆云。

寧藩妄想動兵戎　枉使機關指日窮
可嘆古今興廢蹟　鄱陽湖水血流紅

是時福州三衛軍人進貴等。聚衆鼓噪。朝廷命陽明先
生往勘。先生以六月初九日啓行。亦要趕十三日。與寧
王拜壽。此乃常規。臨發時。參隨官龍光等。取勅印作一

扛。留于後堂。轎出倉卒封門。忘其所以。行至吉安。先生登岸取勅印。方省不會帶来。乃發中軍官。轉回贛州取扛。以此沿途遲留。待扛至方行。六月十四日午後。剛剛行至豐城。此正孫都堂許副使遇害之日也。若非忘記勅印。遲此數日。亦在入謝班中同與孫許之難矣。豈非天乎。

正是萬般皆是命　果然半點不繇人

王陽明先生出身靖亂錄中

王陽明先生出身靖亂錄下

却說豐城縣。離省城僅一百二十里。寧王殺害守臣不過半日。便有報到豐城了。知縣顧佖謁見先生將省中之事稟知。兼述所傳聞之語。寧府已發兵千餘。邀取王都堂。未知果否。先生分付顧佖。你自去保守地方。那寧王反情。京師久已知道。不日大兵將至。可安慰百姓。不必憂慮。本院亦即日起兵來矣。顧佖辭去。先生急召龍光問曰。聞顧知縣語否。光對曰。未聞。先生曰。寧王反矣。龍光驚得目睁口呆。先生曰。事已至此。惟走為上策。自此西可入瑞州。到彼傳檄起兵討賊。別無他策。分付管

船的快快轉船。連夜行去。艄子聽説反了寧王。心胆俱
裂。意不願行。来禀道。来時順風順水。今轉去是上水。又
是大南風甚逆。難以移動。便要行。且待来早看風色如
何。先生命取辦香。親至船頭。焚香望北再拜曰。皇天若
哀憫生靈。許王守仁匡扶社稷。願即反風。若天心助逆。
生民合遭塗炭。守仁願先溺水中。不望餘生矣。言與淚
下。從者俱感動。祝罷南風漸息。須臾艑竿上小旗飄揚。
已轉北風。艄子又推天晚不行。先生大怒。拔劍欲斬之。
衆參隨跪勸。乃割其一耳。于是張帆而上。行不止二十
里。日已西沉。先生見船大行遲。使參隨潛覓漁舟。先生

微服過舟。惟龍光雷濟相從。上帶勅印隨身。其衣冠儀仗並留大船。分付參隨蕭禹在內。隨後而至。漁舟慣在波浪出入。捜起蓬来梭子般去了。却說宸濠打聽南贛軍門起馬牌。是六月初六日發的。舊規三日前發牌。算定初九日准行。如何還不見到。難道遲偷過了。或者半途曉得風聲。走轉去了。也不可知。此人是經濟之才。若得他相助。大事可就。遂分付内官喻才。以划船數十隻追之。行至地名黄五脳。（屬豐城縣）已及大船。拿住蕭禹。禹曰。王都爺已去久矣。拿我何益。喻才乃取其衣冠。回復寧王去了。正是。

鰲魚脫却金鈎去　擺尾搖頭再不來

先生乘漁舟。逕至臨江。有司俱不知。先生使龍光登崖。索取轎傘。臨江知府戴德孺急來迎接。欵留先生入城調度。先生曰。臨江大江之濵。與省城相近。且居道路之衝。不可居也。德孺曰。聞寧王兵勢甚盛。何以禦之。先生曰。濠出上策。乘其方銳之氣。出其不意。直趨京師。則宗社危矣。若出中策。則逕攻南京。大江南北亦被其害。但據江西省城。則勤王之師四集。魚遊釜中。不死何為。此下策矣。德孺曰。以老大人明見度之。當出何策。先生曰。寧王未經戰陣。中情必怯。若偽為兵部咨文。發兵攻南

便已算定寧王了辨賊何有

絶妙一箇大幇手若暫因南贛局面又當一變矣

昌。彼必居守。不敢遠出。旬日之間王師四集。破之必矣。德孺請先生更船。先生辭之。止取黄傘以行至新塗。于船中張傘。知縣李美有將才。素練士卒。有精兵千餘。至是来迎先生。固請登城。先生曰。汝意甚善。然彈丸之地。不堪用武。李美具站舩。始更舟。先後共行四晝夜。方至吉安。知府伍文定聞先生至。大喜急来謁見。先生欲暫回南贛徵兵。伍文定曰本府兵粮俱已勉力措置。亦須老大人發號施令。不必又回。稽誤時日。先生乃駐札吉安。上疏告寧府之變。請命將出師以解東西倒懸之苦。并請留兩廣差滿御史謝源任希儒。軍前紀功一面請

王公精於用間

致仕卿官王懋中等。與知府伍文定及門人卿官鄒守益等。一同商議遵便宜之制。傳檄四方。暴濠之罪狀。徵各群兵勤王。又遣龍光于安福。取劉養正家小。至吉安城中。厚其供給。遺書養正以疑寧賊之心。又訪看李士實家屬。謬托腹心語之曰。吾只應勑旨聚兵為名而已。寧王事成敗未卜。吾安得遽與為敵乎。又令參隨雷濟假作南贛打來報單。內開報兵部准令許泰郤永分領邊軍四萬。從鳳陽。劉暉桂勇分領京邊官軍四萬。從徐淮。水陸并進。王守仁領兵二萬。楊旦等領兵八萬。陳金等領兵六萬。分道夾攻南昌。原奉機密勑旨。各軍緩緩而行。只等宸濠出城。前後遮擊。務在必獲。又偽作兩廣機密火牌。內云都御史顏咨奉兵部咨。率領狼達官兵四十八萬。前往江西公幹。先生又自作文書各處投遞。説各路軍馬俱于南昌取齊。本省各府縣速調集軍馬。刻期接應。又于豐城縣張疑兵。作為接濟官兵之狀。又取新淦優人十餘名。各將約會公文一角。并抄報。甲火牌縫于衣袂之中。厚賜路費。縱之南行。被寧府伏路小軍所獲。解至王府。原来李士實劉養正等果勸宸濠繇蘄黃。直趨北京。不然亦須先據南京。根本既定。方可號召天下。宸濠初意欲聽其謀。因搜優人身伴見了督府

不出王公所料

公文。以為王師大集，且暮且至。遂不敢出城，但多備滾水磊石。為守城之計。李士實復言于宸濠曰：朝廷方遣駙馬，安得遽發追兵。此必守仁緩兵之計也。王負反叛之名。不務風馳電擊，而困守一隅，徐待四方兵集，必無幸矣。宜分兵一支，打九江府。若得此郡，內有二衛軍足可調用。再分兵一支，打南康府。殿下親率大軍，直趨南京。先即大位。天下之貪富貴者，翕然來歸，大業指日可定也。宸濠意尚猶豫。一面打探官軍消息，一面先遣閔廿四、吳十三等，各帥萬人，奪官民船，裝載順流去打南康。知府陳霖遁走，城遂陷。進攻九江府。知府注頡，知縣何士鳳。及兵備副使曹雷亦遁。九江百姓開門以納賊兵。閔廿四吳十三分兵屯守。飛報捷音。宸濠大喜曰。出兵纔數日。連得二郡。又添許多錢粮軍馬。吾事必成矣。遂遣賊將徐九寧守九江。陳賢守南康。俱冒偽太守之號。閔廿四吳十三撤回。隨大軍征進。因遣使四出。招諭府屬各縣。降者復官如故。恰好打探官軍的回報道火牌報單。都是軍門假造出來的。各路軍馬並無消息。王都堂安坐吉安府中。聞說已發牌屬郡。約會軍馬。尚未見到。宸濠謂投降參政季斅曰。汝曾與王守仁同在軍中。能為我往吉安。招降守仁。汝功不淺。季斅不敢推託。即同南昌府學教授趙承芳及旗較等十二人。齎僞檄榜文。来諭吉安府。并說先生歸順寧王。先生先有文移各路領哨官把守信地。如有寧府人等經過。不拘何人。即行挪送軍門勘究。斆等行至墨潭地方。被領哨官阻住。季斆喝曰。我乃本省參政。汝何人。敢来攔截。領哨官曰。到此何事。季斆曰。有寧府檄文在此。旗較將檄文牌面。與領哨官觀看。領哨官遂將旗較拿住。季斆慌忙回船逃去。領哨官曉得參政是箇大官。不敢輕動。止將旗較五名。連檄榜。解至軍門来。先生問季斆何在。領哨官曰。已逃矣。先生嘆曰。忠臣孝子與叛臣賊子。只在一念之間。李㬢向日立功討賊。便是忠臣。今日奉賊驅使。便是叛臣。為舜為跖。毫釐千里。豈不可惜。先生欲將旗較斬首。思量恐有用他之處。乃發臨江府監候。遂將僞檄具疏馳奏。略曰。

陛下在位一年。屢經變難。民心騷動。尚爾巡遊不已。致使宗室謀動干戈。且今天下之覬覦。豈特一寧王。天下之奸雄。豈特在宗室。言及至此。懍骨寒心。昔漢武帝有輪臺之悔。而天下向治。唐德宗下奉天之詔。而士民感泣。伏望皇上痛自克責。易轍改弦。罷黜奸諛。以回天下豪傑之心。絕跡巡遊。以杜天下奸雄之望則太平尚可圖臣不勝幸甚。

知府伍文定請先生出兵征進。先生曰。彼氣方銳未可急攻。必示以自守不出之形。誘其離穴。然後尾其後而圖之。先復省城以擣其巢。彼聞必回兵來援。我因邀而擊之。兵法所謂致人而不致于人也。乃斂兵自守。使人打聽南昌消息。再說婁伯將回進賢家中募兵。知縣劉源清捕而斬之。盡召城外巨室。入城壘其三門。誓衆死守。又賊黨有船數隻。為首者自稱七殿下。往龍津奪運船。駙丞孫天佑禀餘干知縣馬津。津使率兵拒戰。射殺數人。七殿下麾舟急退。又賊黨袁義官自上流募兵百餘。還過龍津。亦被天佑追殺。焚其船。濠怒將先取進賢餘干然後東下。李士實曰。若大事既定。彼將焉逃。濠乃止。于是二府之民不盡從賊。皆二縣三人之力也。再說季斆自墨潭迯回。来見寧王。述旗軷被擒之事。宸濠大怒。乃問王守仁出兵消息。季斆懼罪乃答曰。王守仁只可自守。安敢與殿下作敵。濠信之。以王師未集。乃伏兵萬餘。命宜春王拱樤同其子三哥。四哥。與偽大監萬鋭等。分付堅守省城。多設灰瓶火砲滚糞石弩之類。又伏兵一枝于城外。以防突城。自與妻妃及世子大哥。宗室拱栟。劉養正。李士實。楊璋。潘鵬等。擇七月初二日。發兵東下。偽封宗弟宸濇為九江王。使率百舟前導。是早宸濠入宮。請婁妃登舟。婁妃尚未知其意。問曰。殿下邀妾何往。宸濠曰。近日太后娘娘有旨。許各親王往南京祭祖。我同汝一往。不久便回。婁妃半信半疑。只得隨行。濠登舟之時。設壇祭江。命斬端州知府王以方。以之代牲。方奠牲之時。几案忽折。以方頭足自跳躍覆地。宸濠命棄之於江。舟始發。天忽變。雲氣如墨。疾風暴雨。雷電大作。前舟宸濇被霆震而死。濠意不樂。李士實曰。事已至此。殿下能住手否。天道難測。不足慮也。濠索酒痛飲。即醉卧于椅上。夢見攬鏡。其頭盡白如霜。猛然驚醒。喚術士徐卿問之。卿叩首稱賀曰。殿下貴為親王。而夢頭白。乃皇字也。此行取大位必矣。時兵衆有六七萬人。號為十萬。盡奪官民船隻裝載。旌旗蔽江而下。相連六十餘里。有詩為證。

殺氣凄凄紅日蔽　金鼓齊鳴震天地
艨艟壓浪鬼神驚　旌旆凌空彪虎聚
流言管蔡似波翻　爭鋒楚漢如兒戲
難將人力勝天心　一朝掃盡英雄氣

賊兵一路攻掠沿江各縣。將及安慶。知降僉事潘鵬安慶人。先遣鵬持偽檄往安慶諭降。太守張文錦。召都指揮楊銳。問計。銳曰。王都堂前有牌面来。分付緊守信地。大兵不日且至。今潘鵬来諭降。當力拒之。楊銳登城樓。謂潘鵬曰。僉事乃國家憲臣。奈何為反賊奴隷傳語。寧王有本事。来打安慶城便了。潘鵬曰。汝且開城門。放我追来。有話商量。楊銳曰。要開門。除是逆濠自来。遂彎弓搭箭。欲射潘鵬。潘鵬羞慚滿面而退。回報宸濠。宸濠怒曰。諒一箇安慶有甚難打。李士實諫曰。殿下速往南都。正位。何愁安慶不下。宸濠嘿然。船過安慶城下。楊銳曰。若寧王直走南京。便成大勢。當以計留之。乃建旗四隅。大書勦逆賊三字。濠聞而惡之。銳又使軍士及百姓環

正欲激逆濠之怒

守安慶留寧王全得楊銳力後王公叙功疏獨不及銳何耶

潘鵬欲借寧賊以報銳仇不知反中銳計也

立城頭。辱罵宸濠。反賊。不日天兵到来。全家勦滅。千反賊萬反賊的罵。宸濠在舟中聽得外面喧嚷。問其縁故。潘鵬曰。此即指揮楊銳使軍民辱罵殿下。宸濠大怒曰。我且攻下安慶。殺了楊銳。然後往南京未遲。乃掠其西郭。遂圍正觀集賢二門。濠衆黄艦。泊黄石磯。親自督戰安慶城池堅固。又兼張文錦和楊銳料理已久。多積砲石及守城之器。軍衛卒不滿百人。衆城者皆民兵。闔户調發老弱婦女。亦令饋餉。登城者必帶石塊一二。石積如山。又暑渴置缶于城上。煮茶以飲之。賊攻城輙投石擊之。或潑以沸湯。賊不敢近。賊擁雲樓瞷城中。將衆城

城中造飛樓數十從高射賊賊多死夜復募死士縋城
焚其樓賊又置雲梯數十廣二丈高于城外蔽以板前
後有門中伏兵城上束藁沃膏燃其端俟梯至投其中
爍木著火即燎賊多焚死鋭又射書賊營諭令解散賊
兵轉相傳語多有迯去者鋭又募死士夜刼其營賊衆
大擾至曉始定濠問篙工曰此地何名對曰黄石磯也
黄石磯音聲與王失機相近濠惡其言拔劒斬之謂其
徒曰一个安慶且不能克安望金陵哉于是親自運土
填塹期在必克話分兩頭再説先生所差探聽南昌消
息的引著安慶迯回被擄船户一同回報打聽得寧王

摧衡利害加指諸掌此孫子救韓直走魏都之計

于七月初二日起大兵從水路而下。見今圍住安慶城攻打。勢甚危急。其南昌守備甚固。聞說城外又有伏兵。未知何處。先生發放船户。重賞探子。著再去打探伏兵的實信回話。衆將請救安慶。先生曰。今九江南康。皆為賊所據。而南昌城中精悍尚且萬餘。食貨重積。我兵若抵安慶。賊必回軍死鬬。安慶之兵。僅足自守。必不能援我于湖中。南昌之兵絶我粮道。而九江南康之賊合勢撓攝。四方之援又不可望。大事去矣。今各郡官兵漸次齊集。先聲所加。城中必已震懾。因而并力以攻省城。其勢必下。既破南昌。賊先喪膽。彼欲歸救根本。則安慶之圍自解。而濠亦可擒矣。遂以本月十三日。自吉安起馬。與諸將刻期于十五日。齊會于臨江府漳滋地方。于是各屬府縣兵將並至。初欲登臺誓師。先生以積勞病發。勉強書一牌。呼知府伍文定邢珣徐璉戴德孺四人授之。牌上寫云。伍不用命者斬隊將。隊將不用命者斬副將。副將不用命者斬主將。先生曰。軍中無戲言。此是實語。不相誑也。文定等皆暗暗吐舌。大軍行至豐城。南昌府推官徐文英因查盤在外。獨不與難。奉新知縣劉守緒。皆引兵壯來會。悉留軍前聽用。先生病亦稍可。乃分軍為十三哨。各示以進攻屯守之宜。

第一哨。吉安府知府伍文定。統部下官軍兵快四千四百二十一員名。進攻廣潤門。就留兵防守本門。直入布政司屯兵。分兵把守王府內門。

第二哨。贛州府知府邢珣。統部下官軍兵快三千一百三十餘員名。進攻順化門。就留兵防守本門。直入鎮守府屯兵。

第三哨。袁州府知府徐璉。統部下官軍兵快三千五百三十員名。進攻惠民門。就留兵防守本門。直入按察司察院屯兵。

第四哨。臨江府知府戴德孺。統部下官軍兵快三千六百七十五員名。進攻永和門。就留兵防守本門。直入都察院提學分司屯兵。

第五哨。瑞州府通判胡堯元童琦統部下官軍兵快四千員名。進攻章丘門。就留兵防守本門。直入南昌衛前屯兵。

第六哨。泰和縣知縣李緝統部下官軍兵快一千四百九十二員名。夾攻廣潤門。直入王府西門屯兵。

第七哨。新淦縣知縣李美統部下官軍兵快二千員名。進攻德勝門。就留兵防守本門。直入王府東門屯兵。

第八哨中軍贛州衛都指揮余恩統部下官軍兵快四千六百七十員名。進攻進賢門直入都司屯兵。

第九哨。寧都縣知縣王天與統部下官軍兵快一千餘員名。夾攻進賢門就留兵防守本門直入鐘樓下屯兵。

第十哨。吉安府通判談儲統部下官軍兵快一千五百七十六員名。夾攻德勝門直入南昌左衛屯兵。

第十一哨。萬安縣知縣王冕統部下官軍兵快一千二百五十七員名。夾攻進賢門就把守本門直入陽春書院屯兵。

第十二哨。吉安府推官王暐統部下官軍兵快一千餘員名。夾攻順化門。直入南新二縣儒學屯兵

第十三哨。撫州府通判鄒琥傅南喬統部下官軍三千餘員名。夾攻德勝門。就留兵防守本門。隨于城外天寧寺屯兵

先生分撥已定。期定十九日至市汊。二十日黎明。各至信地。臨發。擲不用命者數人。斬首以徇。各軍無不股慄。不知所斬者乃密取臨江府監候齎偽檄之旗較也。先生權術不測類如此。再說宸濠攻打安慶。十有八日。城中隨機應變。並無挫折。宸濠正在心焦。忽接得南昌告

急文書。說王都堂大軍已至豐城。將及省下。城中軍民震駭。乞作急分兵歸援。宸濠大驚。便欲解圍而歸。李士實曰。若殿下一回。則軍心離矣。宸濠曰南昌我之根本。如何不救。劉養正亦曰。今安慶音問不通。破在旦夕。得了安慶。以為屯止之所。然後調集南康九江之兵。齊救省城。官軍見我兵勢浩大。不戰而退矣。濠張目視曰。汝家屬受王守仁供養。欲以南昌奉之耶。二人乃不敢復言。先生先遣探卒打探得南昌伏兵千餘。在新舊墳廠地方。乃使奉新縣知縣劉守緒同千戶徐誠。領精兵四百。從間道襲之。出其不意。伏兵一時潰散。齊奔南昌城

来城中驟聞王都堂兵至。殺散伏兵。人人驚駭。轉相告
語。俱懷畏避之意。二十五日五更。各哨俱照依派定信
地進發。先生復申明約束。一鼓附城。再鼓登城。三鼓不
克。誅其伍。四鼓不進。誅其將。各哨統兵官。知先生軍令
嚴肅。一聞鼓聲。呼譟並進。伍文定兵。梯絙先登。守城軍
士見軍勢大。皆倒戈狂走。城中喊聲大振。四下鼎沸。砍
開城門。各路兵俱入。遂擒宜春王栱𣚥及寧王之子三
哥四哥。并偽太監萬鋭等。共千有餘人。宮眷情急。縱火
自焚。可憐眷屬百數。化作一陣煙灰。哀哉。火勢猛烈。延
燒居民房屋。先生統大隊軍兵入城。傳令各官分道救

火。撫慰居民。火熄後。伍文定等都来叅見。將捉到人犯
押跪堂下。先生審明發監。封其府庫。搜獲原收大小衙
門印信九十六顆。人心始安。于是脅從官胡濂原布政、劉
斐原參政、許效廉原參議、唐錦原副使、賴鳳原僉事、及南昌知府
鄭瓛、同知縣何繼周、通判張元澄、南昌知縣陳大道、新
建知縣鄭公奇、皆自投首。先生俱安慰之。有詩為證。
皖城方逞螳螂臂　誰料洪都巢已傾
赫赫大功成一鼓　令人千載羨文成
先生又打探得寧王已解安慶之圍。移兵于沅子港。先
分兵二萬。遣凌十一、閔廿四、分率之。疾趨南昌。自帥大

軍隨後而進。時乃二十二日也。先生聞報，大集衆將問計。衆皆曰。賊勢强盛。今既有省城可守。且宜斂兵入城，堅壁觀釁。俟四方援兵至。然後圖之。先生笑曰。不然。賊勢雖强。未逢大敵。惟以爵賞誘人而已。今進不得逞。退無所歸。其氣已消沮。若出奇兵擊其惰歸。一挫其鋭。將不戰自潰。所謂先人有奪人之心也。適撫州知府陳槐。進賢知縣劉源清。各引兵來助戰。先生乃遣伍文定、邢珣、徐璉、戴德孺各領兵五百。分作四路並進。又遣余恩以兵四百往來于潘陽湖上。誘致賊兵。又遣陳槐、胡尭元、童琦、談儲、王暐、徐文英、李美、李楫、王冕、王軾、劉守緒

王公遇事真是看得徹底，所以動必有功

劉源清等。各引兵百餘。四面張疑設伏。候文定等交鋒。

然後合擊。分布已定。乃開倉大賑城中軍民人等。又慮

宗室郡王將軍或為內應生變。親自慰諭。以安其心。出

告示云。

督府示諭省城七門內外軍民襍役人等。除真正造

逆不赦外。其原役寧府被脅偽授指揮千百户較尉

等官。及南昌前衛一應從亂襍色人役家屬在省城

者。仰各安居樂業。毋得逃竄。父兄子弟有能寄信本

犯。遷善改過。擒獲正惡。詣軍門報捷者。一體論功給

賞。逃回投首者。免其本罪。其有收藏軍器。許盡數送

官。各宜悔過。毋取滅亡。特示。

寫下二十餘通。發去城內城外居民及教導人等。于七門內外各處粘貼傳布。以解散其黨。二十三日。濠先鋒凌十一閔廿四。已至樵舍。風帆蔽江。前後數十里。我兵奉軍令。乘夜趨進。伍文定以正兵當其前。余恩繼其後。邢珣引兵繞出賊背。徐璉戴德孺分左右翼。各自攻擊。以分其勢。二十四日早。北風大起。賊兵鼓譟。乘風而前。直逼黃家渡。離南昌僅三十里。伍文定之兵纔戰即佯為敗走。余恩復戰。亦佯退。賊得志。各船爭前趨利。前後不相連。邢珣兵從後而進。直貫其中。賊船大亂。伍文定余恩督兵乘之。徐璉戴德孺合勢夾攻。四面伏兵紛紛擾擾。呼譟而至。滿湖都是官軍。正沒擺布那一頭處。凌十一閏廿四。不過江湖行刼。幾曾見這等戰陣。心膽俱落。急教回船。賊兵遂大潰。官軍追趕十餘里。擒斬二千餘級。凌十一中箭落水。賊徒死于水者萬數。閏廿四引著殘卒數千。退保八字腦。手下兵士漸漸逃散。宸濠聞敗大懼。盡發九江南康守城之兵以益師。先生探聽的實曰。賊兵已撤。二郡空虛矣。不復九江。則南兵終不敢越九江以援我。不復南康。則我兵亦不能踰南康以躡賊。乃遣撫州知府陳槐。領兵四百。合饒州知府林瑊兵。

往攻九江。適建昌知府曾璵兵亦到。即遣璵率兵四百合廣信知府周朝佐兵往取南康。二十五日。宸濠立賞格以激勵將士。當先衝鋒者。賞銀千兩。對陣受傷者。賞銀百両。傳令并力大戰。其日北風更大。賊船乘風奮擊。伍文定率兵打頭陣。因風勢不順。被殺數十人。先生望見官軍將有退却之意。急取令牌。將劍付中軍官。令斬取領兵官伍文定頭示衆。且暗囑云。若能力戰姑緩之。文定見牌。大驚。親握軍器立于船頭。督率軍士。施放銃砲。風逆火燎其鬚。不顧。軍士皆拚命死戰。邢珣等兵俱至。一齊放砲。砲聲如雷震天。將宸濠副舟擊破。閔廿四亦被砲打死。濠大駭。将船移動。賊遂潰敗。擒斬復二千餘。溺死無算。濠乃聚兵屯於樵舍。連舟結為方陣。四面應敵。盡出金銀賞犒将士。約来日一死敵。先生乃密為火攻之具。使邢珣擊其左。徐璉戴徳孺擊其右。余恩等。各官分兵四面暗伏。只望見火發。一齊合戰。二十六日早。宸濠方朝群臣。責備諸将不能力戰以致連敗。喝教先将三司各官楊璋潘鵬等十餘人。揶起責他生觀成敗。全不用心。欲斬之以立法。璋等立辯求免。正在争論之際。忽聞四下喊聲大舉。伍文定引著官軍。用小船載荻。乗風縱火。火烈風猛。延燒賊船。但見濃煙鬱鬱。青波上罩萬道烏雲。紫焰烘烘。綠水中布層赤霧。三軍慌亂。箇箇心驚膽裂。撇鼓去鑼。衆將驚惶。各各魄散魂消。投戈棄甲。舴艋艨艟。一霎時變成煨燼。旗旛劍戟。須臾頃化作灰塵。分明赤壁遇周瑜。好似咸陽逢項羽。

各路伏兵望見火光。并力殺來。賊舟四面皆火。栱栟二人被火焚燒。奔出船艙。為官軍所殺。王春吳十三亦被擒獲。先生使人持大牌曉諭各軍。牌上寫云。逆濠已擒。諸軍勿得縱殺。願降者聽。各軍聞之。信以為然。勇氣百倍。濠軍莫不喪氣。爭見小舟逃命。宸濠知事不濟。亦欲

詭言得濠以壯我而急賊此先生妙用

謀逌與妻妃泣別曰。昔人亡國。因聽婦人之言。我為不聽賢妃之言。以至如此。妻妃哽咽不能出聲。但云。殿下保重。勿以妾為念。言畢。與宮娥數人跳下湖中而死。宸濠心如刀刺。萬鋭覓得划船来到。濠變服同鋭下了划船。冒著兵戈而走。還帶有宮女四人。萬安縣知縣王冕。受先生密計。假裝漁船數隻。散伏蘆葦。望見划船有些蹺蹊。慌忙摇攏来看。寧王認是漁船。喚曰。漁翁渡我。當有厚報。濠既下漁船。船上一聲哨子。衆船皆至。宸濠自知不免。亦投于水。逢淺處立水中不死。軍士用長篙挽其衣而執之。是時。伍文定邢珣等。乗勝殺入。先擒世子大哥及宮眷等。其偽黨李士實劉養正劉吉屠欽熊瓊盧珩盧璜丁饋秦榮葛江劉勳何鏜吳國七火信喻才李自然徐卿等數百人。前後俱被擒獲。無一漏者。復執脅從王宏（原鎮守太監）王金（原巡按）楊璋（原按察使）金山（原主事）程果（原參政）潘鵬（原僉事）梁宸（原布政使）鄭文馬驥白昂（俱指揮）等。王綸季斆赴水死。擒斬共三千餘人。落水者二萬有餘。衣甲器械財物。與浮屍橫十餘里。復分兵搜剿零賊于昌邑吳城各處。擒斬殆盡。湖口縣知縣章玄梅迎先生坐于城中。察院王冕解宸濠入城獻功。濠望見遠近街衢。行伍整肅。笑曰。此是我家事。何勞王都堂這等費心。既見先生。遂拱手曰。濠做差了事。死自甘心。但婁妃每每苦諫勿叛。乃賢妃也。已投水而死。望善葬之。先生即遣中軍官同宮監一人前往識認。只見漁舟載有一屍。周身衣服。皆用線密密縫緊。漁人疑有寶貨在身。正欲搜簡。就被宮監認出。是婁妃。取來盛殮。埋葬於湖口縣之城外。至今稱為賢妃墓。是日衆官俱来相見。先生下堂執伍文定之手曰。今番破賊。足下之功居多。本院即當首列。必有不次之擢。文定曰。仗聖天子洪福。老大人妙算。知府何功之有。先生曰。斬陣先登。人所共知。不必過謙。其餘邢珣余恩等。各以温言慰勞。衆人各歡喜而退。次

日先生正在軍中整理軍務。中軍官報單報道。知府陳
槐曾璵等。分兵攻南康九江。賊兵出戰。俱為官軍所敗。
陳槐陣上斬了徐九寧。知縣何士鳳開門以迎王師。將
城中餘賊盡行誅剿。南康百姓聞官軍薄城。共殺陳賢
二郡悉平。于是賊黨俱盡。按宸濠自六月十四日舉逆。
至七月二十六日被獲。前後共四十二日。先生自七月
十三日于吉安起馬。至二十六日成功。纔十有四日耳。
自古戡定禍亂。未有如此之神速者。但見成功之易。不
知先生擘畫之妙也。是日門生鄒守益入見賀曰。且喜
老師成百世之功。名揚千載。先生曰。功何敢言。且喜昨

晚沈瞌。蓋自聞報後曉夜焦勞至是始得安枕矣先生

口占一律云。

甲馬秋驚鼓角風　旌旗曉拂陣雲紅

勤王敢在汾淮後　戀闕真隨江漢東

羣醜漫勞同吠犬　九重端合是飛龍

涓涘未盡酬滄海　病懶先須伴赤松

是日先生傳令班師。暫留省城。城中聽知王師凱旋。軍民聚觀者不下萬數。宸濠坐在小轎之中。其餘賊黨俱各因車鎖押。前後軍兵擁衛。一箇箇鎗刀出鞘。盔甲鮮明。纔至中街。兩傍看者歡聲如沸。莫不以手加額曰。我

等今日方脱倒懸之苦。皆王都爺之賜也。先生到察院下馬。大會衆官商議。除將寧王并世子郡王將軍儀賓偽授大師國師元帥都督指揮等官。各分別收監候解。其脅從等官。并各宗室。別行另奏。將擒斬俘獲功次。發紀功。御史謝源伍希儒審驗明白造冊。先生于三十日上提報據冊開。

生擒首賊一百零四名。

生擒從賊六千一百七十五名。內審放脅從一千一百九十三名

斬獲賊級共四千四百五十九顆。

俘獲賊屬男婦二百三十八名口。　宮人四十三名

奪田被脅被擄官民人等。三百八十四員名口。

招撫畏服投首一百九十三位名

奪獲符驗一道。金璽二顆。金冊二副印信關防一百

零六顆。

金并首飾。六百二十三兩一錢二分。銀首飾器皿。八

萬三千八百九十七兩一錢五分零。

贓仗一千八百九十件。器械一千一百九十九件。

牛三十頭。馬一百九匹。驢騾十三頭。鹿三隻。

燒燬賊船七百四十三隻

後人有詩一絕。誦先生之功云。

指揮談笑却萊夷　千古何人似仲尼
旬日之間除叛賊　真儒作用果然奇

話分兩頭。却說兵部尚書王瓊見先生所上寧王反叛兩次表章。疏諸五府六部大臣。會議于左順門。諸臣中也有曾受寧王賄賂。與他暗通的。也有見寧王勢大。怕他成事的。一箇箇徘徊觀望。尚不敢斥言濠反。王瓊正色言曰。豎子素行不義。今倉卒造亂。自取滅亡耳。都御史王守仁據上游。必能了賊。不日當有捷報至也。其請京軍。特張威耳。乃傾刻覆了十三本。首請削宸濠屬籍。正名為賊。布告天下。但有忠臣義士。能倡義旅。擒反賊宸濠者。封以侯爵。先将通賊逆黨朱寧臧賢拿送法司正罪。又傳檄南京兩廣浙江江西各路軍馬。分據要害。一齊勦殺。朝廷差安邊伯許泰。揔督軍務。充總兵官。平虜伯江彬。太監張忠。魏彬。俱為提督官。左都督劉翬為揔兵官。太監張永。贊畫機密。并體勘濠反逆事情。兵部侍郎王憲。督理粮餉。前往江西征討。行至臨清地方。聞江西有提報寧王已擒。許泰江彬張忠等。耻于無功。乃密疏請御駕親征。順便遊覽南方景致。武宗皇帝大喜。遂自稱為總督軍務威武大将軍總兵官。後軍都督府太師鎮國公。往江西親征。廷臣力諫不聽。有被杖而死

疏中便暗止聖駕南巡王公用心之密如此

者。車駕遂發。大學士梁儲蔣冕扈從九月十一日先生南昌起馬。將宸濠一班逆黨囚禁。先期遣官上疏略云。逆濠睥睨神器。陰謀久蓄。招納叛亡。探輦轂之動靜。日無停迹。廣置奸細。臣下之奏白百不一通。發謀之始。逆料大駕必將親征。先于沿途伏有奸黨。為博浪荊軻之謀。今逆不旋踵。遂已成擒。法宜解赴闕下。式昭天討。欲令部下各官押解。恐舊所潛布。乘隙竊發。或致意外之虞。臣死有餘憾。況平賊獻俘國家常典。亦臣子常職。臣謹于九月十一日。親自量帶官軍。將濠并宮眷逆賊情重罪犯。潛解赴闕。

先生行至常山草萍舖。聞有御駕親征之事。大驚曰。東南民力已竭。豈堪騷擾。即索筆題詩於壁上。傳諭次早兼程而進。詩曰。

一戰功成未足奇　親征消息尚堪危
邊烽西北方傳警　民力東南已盡疲
萬里秋風嘶甲馬　千山曉日渡旌旗
小臣何事驅馳急　欲請回鑾罷六師

時聖駕已至淮徐。許泰張忠劉翬等。見先生疏到。密奏曰。陛下御駕親征。無賊可擒。豈不令天下人笑話。且江南之遊。以何為名。今逆賊黨與俱盡。釜中之魚。宜密諭

倭臣一言逢迎不顧國家利害如用其言即寧賊死灰未必再然而將士解體盡矣

以勅印抵當牌亦一策也

王守仁釋放寧王于鄱陽湖中。待御駕到。親擒之。他日史書上傳說陛下英武也。教揚名萬代。武宗皇帝原是好頑要的。聽他邪說。果然用威武大將軍牌面。遣錦衣千户追取宸濠。先生行至嚴州。接了牌面。或言威武大將軍即今上也。牌到與聖旨一般。禮合往迎。先生曰。大將軍品級不過一品。文武官僚不相統屬。我何迎為。衆皆曰。不迎必得罪。先生曰。人子于父母亂命。不可告語。當涕泣隨之。忍從諛乎。三司官若苦相勸。先生不得已。令參隨貟勅印出同迎以入中軍。禀問錦衣奉御差至此。當送何等樣程儀。先生曰。不過五金。中軍官曰。恐

此謗流傳至今尚有疑者纔言可畏如此

彼怒不納柰何。先生曰。繇他便了。錦衣千户果然大怒。麾去不受。次日即来辭别。先生握其手曰。下官在正德初年。下錦衣獄甚久。貴衙門官相處極多。看来未見有輕財重義如公者。昨薄物出區區鄙意。只求禮備。聞公不納。令我惶愧。下官無他長。單只會做幾篇文字。他日當為公表章其事。令後世錦衣知有公也。錦衣唯唯不能出一語。竟别去。先生竟不准其牌。不把宸濠與他。錦衣星夜回報許泰江彬等。大怒。遂造榜言。說先生先與寧王交通。曾遣門人冀元亨往見寧王。許他借兵三千。後見事勢無成。然後襲取寧王。以掩己罪。太監張永素

王公免禍全得張永之力

知先生之忠，力為辯雪，且請先行查訪。先生至杭州，張永先在。先生與永相見，永曰：「秦彬等誹謗老先生，只因先生獻捷太早，阻其南行，以此不悅。」先生曰：「西民久遭濠毒，今經大亂，繼以旱災，困苦已極。若邊軍又到，責以供餉，窮迫所激，勢必逃聚山谷為亂。奸黨群應，土崩之勢成矣。更思興兵伐之，不亦難乎？」張永深以為然，徐曰：「本監此出，正為群小蠱惑聖聽，欲于中調護，非掩功也。但皇上聖意亦恥巡遊無名，老先生但將順天意，猶可挽回幾分。苟逆之，徒激群小之怒，何救于大事？」先生曰：「老公所見甚明，下官不願居功，情願都讓他們，容下官乞休而去足矣。乃以宸濠及逆黨交付張永。遂上疏乞休。屏去人從。養病于西湖之淨慈寺。張永在武宗皇帝面前。備言王守仁盡心為國之忠。江西反側未安。全賴彈壓。不可聽其休致自便。諸奸捕冀元亨付南京法司。備極拷掠。並無一語波及先生。奸謀乃沮。忠泰等。又密奏寧王餘黨尚多。臣等願親往南昌捜捕。以張天威。武宗皇帝復許之。比及先生赴南昌任。忠泰等亦至。帶令北軍二萬。填街塞巷。許泰江彬張忠坐了察院。妄自尊大。先生往拜之。泰等看坐于傍。令先生坐。先生佯為不知。將傍坐移下。自踞上坐。使泰彬等居主位。泰彬等且愧且怒。以語諷刺先生。先生以交際事體諭之。然後無言。先生退。謂門人鄒守益等曰。吾非爭一主也。恐一屈體於彼。便當受其節制。舉動不得自繇耳。泰彬等託言搜捕餘黨。抄害無辜。富室索詐賄賂。滿意方釋。又縱容北軍占居民房。搶掠市井財物。向官府索粮要賞。或呼名謾罵。或故意衝導。欲借此生釁與先生大鬧一場。就好在皇上面前譖毀。先生全不計較。務待以禮。預令市人移居鄉村。以避其詐害。僅以老羸守家。先生自出金帛。不時慰犒北軍。病者為之醫藥。死者為之棺殮。邊軍無不稱頌王都堂是好人。泰彬等怪先生買了軍心。嚴

禁北軍。不許受軍門犒勞。先生乃傳示內外。北軍離家
苦楚。爾居民當敦主客之禮。百姓遇邊軍。皆致敬。或獻
酒食。北軍人人知感。不復行搶奪之事。時十一月冬至
將近。先生示諭百姓。新遭濠亂。横死甚多。深為可憫。今
冬節在邇。凡喪家俱具奠如禮。如在官人役。給暇三日。
于是居民家家上墳酹酒。哀哭之聲。遠近相接。北軍聞
之。無不思家。至于泣下。皆向本官叩頭求歸。分明是

楚歌一夜起　吹散八千兵

張忠許泰劉翬等。自恃北人所長在于騎射。度先生南
人決未習學。一日託言演武。欲與先生較射。先生謙謝

不能。再四强之。先生曰。某書生。何敢與諸公較藝。諸公請先之。劉翬以先生果不習射矣。意氣甚豪。謂許泰張忠曰。吾等先射一回。與王老先生看。軍士設的千一百二十步外。三人鴈行敘立。張忠居中。許泰在左。劉翬在右。各逞精神施設。北軍與南軍分別兩邊。擡頭望射。一箇箇弓彎滿月。箭發流星。每一發矢。呌聲著。一會箭。九枝都射完了。單只許泰一箭射在鵠上。張忠一箭射著鵠角。劉翬射箇空回。他三箇都是北人。慣習弓矢。為何不能中的。一來欺先生不善射。心滿氣驕了。二來立心要在千人百眼前逞能炫衆。就有些患得患失之心。矜持又太過。一箭不中。便著了忙。所以中的者少。三人射畢。自覺出醜。面有愧色。説道咱們自從跟隨聖駕。久不曾操弓執矢。手指便生踈了。必要求老先生射一回賜教。先生復謙讓。三人越發相强。務要先生試射。射而不中。自家便可掩飾其愧。先生被强不過。顧中軍官取弓箭来。舉手對泰彬等曰。下官初學。休得見笑。先生獨立在射棚之中。三位武官太監環立于傍。光著六隻眼睛含笑觀看。先生神閑氣定。左手如托泰山。右手如抱嬰兒。颼的一箭。正中紅心。北軍連聲喝采。都道好箭。射的准射的准。泰彬等心中已自不快了。還道是偶然倖中。

先生一連又發兩矢。箭箭俱破的。北軍見先生三發三中。都道咱們北邊到沒有恁般好箭。歡呼動地。泰等便執住先生之手。説道到是老先生久在軍中。果然習熟。已見所長。不必射了。遂不樂而散。是夜劉翬私遣心腹窺探北軍口氣。一箇箇都道王都堂做人又好。武藝又精。咱們服事得這一位老爺。也好建功立業。不枉為人一世。劉翬聞之。一夜不睡。次早見許泰張忠曰。北軍俱歸附王守仁矣。奈何。泰忠乃商議班師。前後殺害良民數百。皆評為逆黨。取首級論功。北軍離了西江省城。百姓始復歸樂業。時武宗皇帝大駕自淮陽至京口。館于前大學士楊一清之家。泰等来見。但云逆黨已盡。遂隨駕渡江。駐驛南都。遊覽江山之勝。三人架問讒謗先生。説他專兵得衆。將来必有占據江西之事。賴張永一力周旋。上信永言。付之不問。泰等又遣心腹屢矯偽旨。来召先生。只要先生起馬。將近南都。遂以擅離地方駕罪。先生知其偽。竟不赴。正德十五年正月。先生尚留省城。泰等三人因侍宴武宗皇帝。言及天下太平。三人同聲對曰。只江西王守仁早晚必反。甚是可憂。武宗皇帝問曰。汝謂王守仁必反。以何為驗。三人曰。他兵權在手。人心歸向。去歲臣等帶領邊兵至省城。他又私恩小惠。買

王陽明先生出身靖亂錄

轉軍心。若非臣等速速班師。連北軍多歸順他了。皇爺若不肯信。只須遣詔召之。他必不來。武宗皇帝果然遣詔召先生面見。張永重先生之品。又憐先生之忠。密地遣人星夜馳報先生。盡告以三人之謀。先生得詔。即日起馬。行至蕪湖。張忠聞先生之來。恐面召時有所啓奏。復遣人矯旨止之。先生留蕪湖半月。進退維谷。不得已。入九華山。每日端坐草庵中。一日微服重遊化城寺。至地藏洞。思念二十七歲時。于此洞見老道。共談三教之理。今年四十九歲。不覺相隔二十二年矣。功名羈絆不得自繇。進不得面見聖上。掃除奸倿。退不得歸卧林泉。

專心講學。不覺凄然長嘆。取筆硯題詩一首。詩曰。

愛山日日望山時　忽到山中眼自明

鳥道漸非前度險　龍潭更比舊時清

會心人遠空遺洞　識面僧來不記名

莫謂中丞喜忘世　前途風浪苦難行

又見山巖中有僧危坐。問何時到此。僧答曰。已三年矣。先生曰。吾儒學道之人。肯如此精專凝靜。何患無成。復吟一詩云。

莫怪巖僧木石居　吾儕真切幾人如

經營日夜身心外　剽竊糠粃齒頰餘

俗學未堪欺老衲　昔賢取善及陶漁
年来奔走成何事　此日斯人亦啓予

張忠等既阻先生之行。反奏先生不来朝謁。武宗皇帝問于張永。永密奏曰。王守仁已到蕪湖。為彬等所拒。彼忠臣也。今聞衆人爭功。有謀害之意。欲棄其官入山修道。此人若去。天下忠臣更無肯為朝廷出力者矣。武宗皇帝感動。遂降旨。命先生兼江西巡撫。刻期速回理事。先生遂于二月還南昌。以祖母岑太夫人鞠育之恩。臨終不及面訣。乃三疏請歸省葬。俱不允。六月復還贛州。過泰和。少宰羅整庵（諱欽順弘治癸丑榜眼）以書問學。先生告以學無內外。格物者格其心之物也。正心者正其物之心也。以理之凝聚而言。則謂之性。以其主宰而言。則謂之心。以其主宰之發動而言則謂之意。以其發動之明覺而言。則謂之知。以其明覺之感應而言則謂之物。故就物而言。謂之格。就知而言。謂之致。就意而言。謂之誠。就心而言。謂之正。所謂窮理以盡性。其功一也。天下無性外之理。即無性外之物。學之不明。皆繇世儒認理為內。認物為外。將反觀內省與講習討論分為兩事。所以有朱陸之岐。然陸象山之致知。未嘗專事于內。朱晦庵之格物。未嘗專事於外也。整庵深嘆服焉。是年秋七月。武宗皇帝尚在南都。許泰江彬欲自獻俘以為己功。張永曰。不可。昔未出京時。宸濠已擒。獻俘北上。過玉山。渡錢塘。在杭州交割于吾手。経人耳目。豈可襲也。於是用威武大將軍鈞帖。下于南贛。令先生重上捷音。先生乃節略前奏。盡嵌入許泰江彬張忠魏彬張永劉暈王憲等扈駕諸官。疏中言逆濠不日就擒。此皆總督提督諸臣。密授方略所致。于是群小稍稍回嗔作喜。止將冀元亨坐濠黨繫獄。先生遂得無恙。後世宗皇帝登極。先生備咨刑部。為元亨辯冤。科道亦交章論之。將釋放而元亨死。同門陸澄應典輩備棺盛殮。先生聞訃。為設位慟哭之此是後話是年九月先生再至南昌檄各道院取宸濠廢地改易市廛以濟飢代税百姓稍得甦息時有泰州王銀者服古冠執木簡寫二詩為贄以賓礼見先生下階迎之銀踞然上坐先生問何冠曰有虞氏之冠又問何服曰老萊氏之服先生曰君學老萊乎對曰然先生曰君學老萊止學其服耶抑學其上堂詐跌為小兒啼也銀不能荅色動漸將坐椅移側及論致知格物遂恍然悟曰他人之學飾情抗節出于矯强先生之學精深極微得之心者也遂反常服執弟子之礼先生易其名為良字曰汝止同時陳九川夏良勝萬潮歐陽德魏

良弼李遂褎衍日侍講席有洙泗杏壇之風是年冬武宗皇帝自南京起駕行至臨清將宸濠一班逆賊並正刑誅人心大快正德十六年春正月武宗皇帝還京三月晏駕四月世宗皇帝登極改元嘉靖誅江彬許泰張忠劉翬等諸奸録先生功降勅召之先生以六月二十日起程方至錢塘科道官迎閣臣意建言國喪多費不宜行宴賞之事先生復上疏乞便道省親得旨陞南京兵部尚書賜蟒玉准其歸省九月至餘姚拜見龍山公公當宸濠謀逆時有言先生助逆者公曰吾兒素在天理上用工夫必不為此又或傳先生與孫許同被害者

公曰。吾兒得為忠臣。吾復何憂。及聞先生起兵討濠。又傳言。濠怒先生。欲遣人来刺公。公宜少避。公笑曰。吾兒方舉大義。吾為國大臣。恨年老不能荷戈同事。奈何先去以為民望乎。怡然不變。至是相見歡如再生。值龍山公誕日。朝廷存問適至。先生服蟒腰玉。獻觴稱賀。至明旦謂門人曰。昨日蟒玉。人謂至榮。晚来解衣就寝。依舊一身窮骨頭。何曾添得分毫。乃知榮辱原不在人。人自迷耳。乃吟詩一首云。

百戰歸来白髮新　青山從此作閒人

峰攢尚憶衝鑾陣　雲起猶疑見虜塵

島嶼微茫滄海暮　　桃花爛熳武陵春

而今始信還丹訣　　却笑當年識未真

先生日與親友及門人輩宴遊山水。隨地指點良知。一時新及門就學者七十四人。是年十二月朝廷論江西功。封先生為新建伯。食祿一千石。廕封三代。少時夢威寧伯王越解劍相贈。至是始驗。明年正月。先生疏辭封爵。不允。時龍山公年七十有七。病篤在床。將屬纊。聞部咨已至。促先生及諸弟出迎。曰。雖倉遽。烏可以廢禮。少頃。問已成禮否。家人曰。詔書已迎至矣。乃瞑。先生戒家人勿哭。加新冕服。拖紳。事畢。然後舉哀。一哭頓絕。病不能勝。門人子弟紀喪。因才任使。仙居金克厚典廚。內外井井。先生以先後平賊。皆賴兵部尚書王瓊從中主持。又同事諸臣多有勞績。已何敢獨居其功。再上疏辭爵。歸功于瓊。時宰方忌瓊。并遷怒于先生。御史程啓充。給事中毛玉。相率論劾先生指為邪學。先生講論如故。門人尚謙臨去先生贈詩云。

珍重江船冒暑行　一宵心話更分明
須從根本求生死　莫向支離辯濁清
久奈世儒橫臆說　競搜物理外人情
良知底用安排得　此物繇來是渾成

嘉靖三年。海寧董澐號蘿石。以能詩聞于江湖。年六十八。来遊會稽。聞先生講學。戴笠攜瓢。執杖来訪。入門長揖上坐。先生敬異之。與語連日夜。澐言下有悟。因門人何秦請拜先生門下。先生以其年高不許。歸家與其妻織一縑以為贄。復因何秦来強。先生不得已與之倘佯山水間。澐日有所聞。欣然樂而忘歸。其鄉之親友皆来勸之還鄉。曰翁老矣。何自苦如此。澐曰。吾今方揚鬐于渤海。振羽于雲霄。安能復投網罟而入樊籠乎。去矣吾將從吾所好。遂自號從吾道人。時郡守南大吉。先生所取士也。以座主故拜于門下。然性豪曠不羈。不甚相信。

遣弟南逢吉覡之。歸述先生講論如此數次。大吉乃服。始數來見。且曰。大吉臨政多過失。先生何無一言。先生曰。過失何在。大吉歷數其事。先生曰。吾固嘗言之矣。大吉曰。先生未嘗見教也。先生曰。吾不言。汝何以知之。大吉曰。良知。先生笑曰。良知非我常言而何。大吉笑謝而去。于是闢稽山書院。聚八邑彥士講學。蕭璆楊汝滎楊紹芳等。來自湖廣。楊仕鳴薛宗鎧黃夢星等。來自廣東。王艮周衝等。來自南直。何秦黃竹綱等。來自南贛。劉邦采劉文敏等。來自安福。曾忭來自泰和。魏良政魏良器等。來自新建。宮刹卑隘。至不能容。每一發講。環而

聽者。三百餘人。一日講君子喻義小人喻利章。衆人俱
發汗泣下。邑庠生王幾與魏良器相厚。每言妨廢舉業。
勸勿聽講。及是日聞講。自悔失言。即日執贄為弟子。嘉
靖四年。門人輩立陽明書院于越城西郭門内光相橋
之西。明年正月。鄒守益以直諫謫判廣德州。築復古書
院。集生徒講學。先生為書贊之。四月南大吉入覲。被黜。
略無愠色。惟以聞道為喜。其得力于先生之薰陶者多
矣。是夏御史聶豹。巡按福建。特渡錢塘来謁先生。聽講
而去。時席書為礼部尚書。特疏薦先生。御史石金等亦
交章論薦。不報。嘉靖六年。廣西田州岑猛作亂。提督都

一語洞見禍本防守之兵惟守生可撤以吏制賊有餘也

御史姚鏌征之。擒猛父子。未獲其頭目盧蘇王受構衆復亂。攻陷思恩。鏌復調四省兵征之。弗克。閣老張璁桂萼共薦先生起用。總督兩廣及江西湖廣軍務。先生聞命力辭。不允乃於九月起馬。繇杭衢。歷常山南昌吉安諸處。一路門人迎接者。動數百人。不必細說。十一月至梧州。先生以土官之叛。皆繇流官掊克所致。乃下令盡撤調集防守之兵。使人招盧蘇王受。喻以禍福。二人見守兵盡撤。遂自縛謝罪。先生杖而釋之。撫定其衆。凡七萬餘人。不動聲色。一境悉平。時八寨斷籐峽等處。自韓都堂雍平定以後。至是復據險作亂。先生因湖廣歸師

若養成大寇罪將何任當事者嫉賢忌功不顧國家從来久矣可嘆

之便宜授方略。令襲之。盧蘇王受請出兵餉。當先効力。三月之間。斬首三千餘級。掃蕩其巢而還。朝中當事大臣。猶以先生擅兵討賊為罪。賴學士霍韜力誦其功。乃得免議。止以招撫恩田之功。頒賜獎賞。先生一日謁伏波將軍廟。（廟在梧州）拜其像。嘆曰。吾十五歲夢謁馬伏波。今日所見。宛如夢中。人生出處豈偶然哉。因賦詩云。

四十年前夢裡詩　此行天定豈人為
祖征敢倚風雲陣　所過須同時雨師
尚喜遠人知向望　却慚無術救瘡痍
從来勝筭歸廊廟　耻說兵戈定四夷

先生大興思田學校。廣西士民始知有理學。十月先生以積勞成疾病劇。上疏乞休。不俟旨遂發。布政使王大用亦先生門人。備美材以隨。十一月廿五日。踰梅嶺至南安登舟。南安府推官門人周積來見。先生猶起坐咳喘不已。猶以進學相勉。廿八日晚泊船。問何地。侍者對曰。青龍鋪。明日召周積至船中。積拱俟良久。先生開目視曰。吾去矣。積泣下。問有何遺言。先生笑曰此心光明。復何言哉。少頃瞑目而逝。時廿九日也。享年五十七歲。南贛兵備門人張思聰。進迎於南野驛。用王布政所贈美材製棺。周積就驛中堂沐浴衾殮如禮。明日為十二月朔。安成門人劉邦采適至。同官屬師生設奠入棺。初四日輿櫬登舟。士民遠近遮道。哭聲震地。如喪考妣。舟過地方。門生故吏連路設祭哭拜。將發南昌。東風大逆。舟不能行。門人趙淵祝於柩前曰。先生豈為南昌士民留耶。越中子弟門人相候已久矣。祝畢忽變西風。舟人莫不驚異。門人王畿等數人。以會試起身。聞先生訃音。還舟執喪。二月抵家。子弟門人輩。奉柩於中堂。遂飾喪紀。婦人哭於門內。孝子及親族子弟哭於幕外。門人哭於門外。每日四方門人来者。百餘人。十一月葬横溪。先生所自擇地也。先是前溪水入懷。與左溪會。衝嚙右麓術者心熑欲棄之有山翁夢見一神人緋袍玉帶立於溪上曰吾欲還水故道明日雷雨大作溪水泛溢忽從南岸而行明堂周濶數百丈遂定穴門人李珙等更番築治晝夜不息月餘墓成會葬者數千人門人中有自初喪迨葬不歸者即孔門弟子之懐師亦不是過矣御史聶豹原未拜門下及聞訃之後遣吊奠亦稱門人盖素佩先生之訓中心悦而誠服也後十二年浙江巡按御史周汝貞亦先生門人為建祠於陽明書院之樓前扁曰陽明先生祠各處書院俱立先生牌位朝夕瞻礼比於仲尼令子孫世世襲爵為新建伯不絶先生幼時

常言一代狀元不為希罕。又言須作聖賢。方是人間第一流。斯言豈妄發哉。先生歿後。忌其功者或斥為偽學。久而論定。至今道學先生尊奉陽明良知之說。聖學賴以大明。公議從祀聖廟。後學有詩云。

三言妙訣致良知　孔孟真傳不用疑
今日講壇如聚訟　惜無新建作明師

又髯翁有詩云。

平蠻定亂奏奇功　只在先生掌握中
堪笑偽儒無用處　一張利口快如風

王陽明先生出身靖亂錄下畢